只在此刻的拥抱

丁丁张　著

浙江出版联合集团
浙江文艺出版社

用尽全力，也可能失去。

目录

lonely in the city 丁丁張

自序

　　这两天去北京看一个房，感觉是到了香港的天水围。我站在楼下发了一会儿呆，然后走了。北京秋天极短，那个下午，气温正从秋天往冬天过渡。在这里，我的 2017 瞬间入冬。

　　小区里没有树，楼层绵密高耸，让人透不过气。一架直升机此刻穿过楼群，让整个场景略显魔幻。我看着那些窗子，想着里边大概住着什么人——他们是在此暂住，还是以此为家？或者干脆就在这里交待了生老病死？结果都不可知，却也只好到了这个季节，关上窗子。

　　一关，就是一个冬天。

　　我站在那里，有点不知所措。设想着我如果住在这里，将发生什么，家里又是个什么模样。

　　这远离了我的日常生活场景，更何况，三十层高楼悬浮于巨大地铁站的上方，像天空之城，进入和出去，都不那么容易。

不知动脉般将人从此地带往彼处的地铁，入夜后是否向楼群传递钝响？

想起《无耻家庭》里穿城而过的那列。菲欧娜似乎终其一生，也不能得到自己真正想拥有的东西，不知是命运影响了她的决定，还是她的决定改变了命运——当作者是痛苦的，因为你必须写一个有力量又美好的家伙，再把他有的东西，一一摔碎给他看。

到今年，在北京十五个年头了，你说我熟悉它了解它吗？我不得而知。你说我爱它吗？我想是爱的，回答坚定，没有疑惑。

我在这里完成了很多自己喜欢的事情，找到了热爱的职业，养了一条狗，开始写作，与喜欢的人相处——人生几乎所有的转变都拜它所赐，又在拥有很多的时候开始幻想离开它。它不失威仪，任人遨游般宽厚；也不失凛冽，让人知道生活远比想象中艰难和孤独，又比想象中可以得到更多馈赠。

它充满生机，沉默不语，像你到了一个人家里，他说，水泥地，随意啊，不用换鞋。

在此十五年，依然不敢说爱它恨它远离它，或者斗胆说扎根永远活在这里。这是北京之妙处。

忘记什么时候，在这里消失了陌生感，旅行回来时，有了个像家一般的存在。彻底独立前，北京曾让我屏住呼吸；到游刃有余时，已经真的长大。

此刻，我仍租住在北三环和北四环之间，算是找到了一个闹中取静的地方。终于学会在这里，开心、痛苦、失落，写字、遛狗、做运动，大部分时间冷静清醒，也开始时常喝醉。

但以上种种，都是一个人的。

这本书，是我情绪起伏最大的一次，远超处女作《人生需要揭穿》。而与上一本小说《永无止尽的约会》比起来，更大的压力在于，这里面没有高概念的设定——主角生来平凡，他们该如何自处，又将走向何处？如何和现实斗智斗勇，交付生命中的勇气和热爱？

困难还在于，我把在北京的全部难题分摊给了六位男女，要让他们用不同的方式吞咽消化、承担不同的后果。这很残酷，也让我于心不忍。他们再不是活在梦里的家伙，而是有名字和追求的个体，如同你我。

谁说的，一旦一个东西有了名字，就变得难以割舍？

对，难以割舍。

他们在这里寻找梦想的出路，找到暂时的爱情，承受由秋到冬般明晰的断裂，没停歇地面对爱情和生活的真相。好的是，那些令人百思不得其解的所谓真相——一个人变得沉默，突然消失，对你视而不见——从不出乎意料。面对它们，他们只好生出无限坚强，斗胆努力活下去，并继续保持骄傲。

在这个孤独的城市里，拥抱珍贵且短暂，似乎仅供此刻。

这不是一本关于"北漂"的书。"它"不局限于北京，几乎是你面对的任何一个离开家乡后的新城市。它是新人类们的伟大迁徙中，每个刚落脚的孤岛般的存在。所以除了笼统的四季、糟糕的交通、大而化之的北京，我没有更具体地描绘它，因为它太立体了，十一万字也难概括，不免片面。

若要更准确地形容这本书，我愿意把它看作成长之书。它像你二十来岁，生活刚刚打开新的篇章，想借此探究下，你会爱上什么人，并遭遇什么伤痛，以及适合什么样的生活，是不是真的如你所愿；它也不是你见惯的鸡汤文艺之书，我不想提供更多的观点给你，它不包含经验、没有教导，故事在书中发生的时候，我也同主角们一样手足无措，不知道该怎么办。

但大多数时候不都这样吗？我们都在说着不知道怎么办时，甩出下一张牌。

人生，就是个落子不悔的大段子。

在我有能力讲一个故事的时候，我愿意把它讲给你听。这里的爱情、梦想、更迭的压力、偶尔狼狈不堪但不乏真心快乐的年轻日子，都是我们终将独自面对，也终将独自珍藏缅怀的。毫无意外。

你并不罕有，但也绝不会被随意替代。珍惜与你相同和不同的人，平静对待那些想要的、不想要的新经历，大概是生命赐予我们的最好的事。

这是变冷的十月份，庆祝完一年中最大的节日，人们开始返回北京，将每一条街道、每一扇窗户，以及每一个床铺填满。

我继续进行稿件的整理，完成最后一次修改。

　　我爱这儿人和人的关系，爱人和城市的若即若离，爱人和世界的纠缠，爱每个人相遇之初的美好。也愿意相信，每次刻骨的分离，都是因为不再爱，而非彼此了解。

　　勇于承认情感和人的变化，承认世界的无声运转和基本不变，就可以过得更好一些。

　　希望主角们好运，永远饱含深情，拥抱永不落空。

　　希望你也能和这里所有的相遇说声：谢谢有你。

春

要是人有使用说明书就好了。

1

　　二十三岁了，周达雨非常期待一场大醉。

　　聚会这天是情人节，高中同学的大聚会，大家说好"抛妻弃子不带男朋友"。周达雨本来就是孤家寡人，两者皆可抛。

　　周达雨发愿说，即日起，开始改变自己，做不一样的事情，过不一样的生活。

　　但多不一样的事情，多不一样的生活，她心里没有答案。隐隐地，觉得自己要离开这个地方，辞职或者什么的，反正跟现在不同就好。

　　这大概是文艺青年的必经之路。听信了"世界以痛吻我，我必报之以歌"之类的鬼话，处于诗和远方两边不靠的年龄，对自我价值深度怀疑又暂时无限认同，常立志随时立志却也会随时放弃，对，周达雨就是你熟悉的那群人中的一个。

除了变胖，其他人生中的一切改变都很困难。

改变是不易的，大醉也不易，尤其是面对那帮上大学时四散又在大学毕业后重新回到家乡的同学。

跟龙珠似的，一旦聚合，就说明要有大事儿发生，不然，就是在过春节。

过春节全民休假，是心理层面的休假，除了吃饭唱歌，并没有什么大事儿发生。在周达雨看来，真是庸俗无趣的日常。

"咱们除了唱歌不能干点儿别的吗？"她这样提议时，人已经在 KTV 里坐了三个小时。

"还可以喝酒啊你。"马思思立刻反驳说，"太文艺青年了。"马思思拿着麦指着她。

文艺青年周达雨觉得自己喝了假酒，头有些微疼。

两首歌的空当，她看见电视屏幕上映出的自己：到耳际的半长不长的头发，脑袋算是小的，身体显得更小。如果单看脸的话，应该怎么努力都当不上女主角。很用力地夸，可以算有一丁点儿好看，还属于边缘好看。但眼睛长得过于分开，眼角向下倾斜，嘴巴鼓鼓的，上唇下唇一样厚——虽是化了妆，依旧毫无特色。

如果硬说特色，应该算是长得……人畜无害吧。

长得不美不丑，过得无惊无险，顺利大学毕业，暂时没有恋爱，人生像一提葡萄，一眼看过去和仔细看，区别不大。

所以放在那里，自己都担心它会很快烂掉。

好在屏幕及时亮起，让她看不到自己这串葡萄。那张脸怎么那么丧呢？像是整个人不大满意，不笑的话，显得忧愁。

和所谓的老同学在一起，就对彼此残忍，忽略了对方的特点和真正所想，现在，她们需要的只是热闹。

"她就那样啊。"大概都会这样说。

所以，到她唱歌的时候，她就来一首《五百里》。

"为了不跟别人合唱吗？选个这么怪的歌儿？"马思思最会找她的痛处，但也拿她没办法。此时她正在用冰块塞满杯子，再把威士忌"咕咚咕咚"地倒进去。

那歌怪吗？唱得多好。像带着周达雨，此刻就飞身出去，远离故乡飞出五百里。再说了，这故乡，建了无数的高楼和立交桥，早就变了样儿。

if you miss the train I'm on

you will know that I am gone

you can hear the whistle blow

a hundred miles a hundred miles

a hundred miles a hundred miles

you can hear the whistle blow

......

这样唱着，周达雨都有乡愁了。

然后被切了歌。

周达雨卡在一百里的地方。

在接下来交换礼物的固定环节里，周达雨抽到了自己准备送出的水晶球。结果公布，所有人都松了一口气，女孩们毫不掩饰地发出了"幸亏不是我啊"那种庆幸声。

"很有质感的，你们这帮子，没！品！位！"周达雨怒喝，大家点头附和，又怕真诚得太用力显得真喜欢被她送水晶球过来，只好徒有其表地鼓励性点头。都喝得有点儿多，演技却不掉份儿，幅度分寸都拿捏得不错。

周达雨拿起水晶球，准备到楼下透口气。

从正热闹的KTV里全身而退，大概只有周达雨这样瘦小的身板才能办得到。也没有人追问她去干什么，或者大家都了解她，跟熟悉家里的狗似的，跑出去就跑出去吧，总会自己回来。

周达雨拿着水晶球晃了晃，直到电梯发出"叮"的一声。

水晶球里的雪缓缓落下。走出电梯后，她将遇到一个男人，并由此改变自己的人生轨迹。当然，此时她正笑着，对未来毫无察觉。

她二十三岁，在母亲安排的一个事业单位给七个人算工资，精确到小数点后两位。发工资的时候四舍五入，但工资条上必须精确到小数点后两位。没有出过什么错，她接替的人一生都没错过，区劳动模范，退休后迅速死了，留下一个终生没有算错账的好名声。

周达雨没有谈恋爱，日子像没用过的 A4 纸一样整齐干净，不值得翻阅。

周达雨熟悉 A4 纸，边缘锋利，不经意时会割伤手指。人在这时候，就发出"啊"的一小声尖叫。

疼痛才使人尖叫，大部分的日子并不适合，所以周达雨埋怨自己，怎么把日子过平淡了？

埋怨自己是生而为人的特权，另一个特权嘛，是原谅自己。

水晶球是个莫名其妙的发明，但莫名其妙的东西才构成有趣的人生吧，周达雨这样想，却没跟人说过。她在二十岁前觉得没有人理解她，二十岁后放弃了追求理解这件事。

要是人有使用说明书就好了。能直接打开看看，避免不知道用法，徒增苦恼。

那天她帮母亲拆一个榨汁机，瞬间被繁多的零件打败，只好摊着它们放在厨房里。

看来即便有说明书，没有兴趣也是白搭。

"一点耐性都没有。"母亲说，然后靠神奇的直觉组装好了它。

"你说说你这么二，像谁？"母亲说，再回头看坐在书桌前读书的周达雨她爹。爹根本不接妈的目光，坚定地说："你。"

"像我的话，得比现在好看五倍，不，十倍。"母亲更加坚定。

此时周达雨正对着空气挥拳，没有说话。这算是她生命里唯一学过并且没有忘掉的事情。

跆拳道，当然没有级别，什么带也没有。大学时心血来潮学的，练过之后，效果显著——更没有男孩接近她了。

母亲的女性优点太突出了，好看、利落、不容易发胖，却一点儿没有遗传给周达雨。经过二十多年的观察，她放弃了，再没对此表达过抱怨。母亲把榨汁机的纸盒麻利地按扁收起来，尽量让它少占空间。周达雨做不到母亲那么好看，也做不到她那么麻利，不会叠衣服，更别说熨烫T恤之类的，肩膀处常有衣架晾晒时撑出的尖角。

"有别的优点就好了。"母亲这样说，更像是劝自己。

但，其实，好像，也没有别的可以拿出来说的优点。

所以这个妈又后悔了，说："嫁不出去的话，过几年，就陪我去跳广场舞吧。"

此刻，周达雨坐在KTV大门的台阶上，想着她妈的这段话，对着自己的水晶球发呆。

广场舞，那可太难学了。

就是这样，无可无不可，也没有什么梦想，日子得过且过，看不到尽头。现在略有些醉的周达雨，在大脑里翻箱倒柜，也找不到一个可以想念的人，连必须有的年少忧虑都没有。

如果不是风略显凉，周达雨都感觉不到自己的存在了——

随时消失，也可以接受。

"你会算命吗？"一个好听的男声。标准的、每个字都很清晰的普通话。

周达雨仰起头——那是一张好看的脸，戴黑框眼镜，头发自然地梳好，嘴角带着干净的笑，或许，并不干净，只是长得令人印象深刻，所以显得干净。

他穿着黑色西装，合体的，很少见人把西装穿得这么好看，不像中介职员，也不像……专车司机。

一个陌生人在这个时间搭讪，如果不是长得好看，大概会被误读出很多意思。

尤其是他还有些酒气，脚步微晃——很容易被当成猥琐男。但因为长得端正，并不让人讨厌。

对不起，大部分人，以貌取人。

周达雨想，好吧，听说过没见过、鬼一样的"邂逅"，终于出现在自己的生命里。

猥琐男，哦，不，是好看男，看周达雨没有反应，又追问了一句。

"你会算命吗？"

"嗯，会，五十块一次。"周达雨看着他端正的鼻梁，觉得自己的戏搭上了，突然有兴趣说说话。韩剧不都是这样开始的吗？她继而觉得自己两颊微微发烫，顺带着，心脏像分成小的两个，被快速提升到耳边，发出咕咚咕咚的声响。

"来两次。"他就势并排坐在离周达雨有些距离的地方，也不怕脏了西裤，伸开手掌，认真看向她。

是好看的眼睛。

街道很安静，路上没什么行人，时间是晚上十点。前边路灯下，两个男人正站着抽烟，低声说着话。

旁边坐着的这位，黑框眼镜内，眼睛很干净，单眼皮。眼睛下边的鼻子端正挺拔，向下延伸，形成好看的鼻孔形状。皮肤白皙，看不出年纪，二十八岁或者更大一些？呼吸带着一点儿酒气。

周达雨捧着水晶球，心跳得更快了。眼睛看向他的手：骨节被巧妙的弧线掩盖，是一双细长的白皙好看的……手，对不起，使用太多好看了，周达雨这样想，内心深表羞愧。怎么回事？一定是喝酒的缘故，喝成了一个色鬼。

对，好吧。周达雨承认，自己是外貌协会的，再次宣誓，终生不退会。

他的手，此刻，正在 KTV 霓虹灯的映衬下闪着迷幻的光。

"你什么星座？"

"天蝎座，十一月八号的。"他不假思索。

"哦……"

"人很坚定、明确、沉稳且醒目。大概工作为重吧，不然也不会在情人节就来出差，以及虽然日常以工作为重，但……

内心却认为自己是以感情为重的。"周达雨信口胡说。

男人却在拼命地点头，这耗费了他的力气。因为喝了酒，于是深深吐一口气，再深深呼吸。

周达雨的说法不算什么，任何对星座稍有研究的人都能胡诌得出。从穿着、气质到声音，男子当然不是本地人，但肯定不是学生，来出差准没错了。

周达雨这样想，相当于在顺藤摸瓜。再说了，所有男人不管是不是事业为重，内心都愿意承认自己是以感情为重的，只不过，有没有在爱里罢了。

星座，是大数据的具体分析。

周达雨有观察人的能力，还有一点奇怪的直觉，这是与生俱来的。那些不会洗碗、没有动手能力、怕麻烦的人生设定漏洞，全靠这个做了补偿。但这个有什么用呢？用来假装算命的骗钱吗？

"你呢？"男子吐气，像吹动眼前的空气，眼睛略显迷离。他看着对面的街灯，瞳孔里闪烁出一种奇异的亮色，问："你什么星座？"

"算命的可不回答个人问题。"

"所以关于我还有什么可提供的情报？"

"命中注定，几经浮沉。人很容易静不下来，所以到中年才会有更多的收获，还有就是……"周达雨看向他端正的鼻子，内心挤起了一阵坏笑，"围绕着你的口舌比较多，虽然没有什么伤害吧，但会一直被人议论、八卦。"

"这……我倒是不知道。"男子有点儿困惑，"不过静不下来是肯定的。"他晃动肩膀和脑袋，活跃起来。说实话，这和他端正的鼻子和脸一点都不搭配，显得过于轻浮了些。

但好看的人轻浮，就……原谅了吧。

而且，我不是要改变吗？！我不是要告别死水一潭的生活吗？！

周达雨这样想着，在这个晚上，任由微醉将自己吞没。拜水晶球所赐，她即将开始韩剧一样的生活，那剧情是……与财团儿子深夜谈心。

No.

周达雨是处女座，但大概是因为沉默不言、举止如佛的摩羯座父亲和利落聪慧又乐天知命的妈，搞得倒像双子座。

此刻，双子座不沉闷的一面被激发了。她有说很多话的欲望，娓娓地吐字出来。眼前这个鼻子端正、面庞白皙的男人，像是酒精刚刚进入胃里被吹了一阵风，让她略感眩晕。

她倾尽大学编辑校微信号时对星座的了解，讲出了自己知道的天蝎的几乎全部特征。

直到男人站起身说："好的，我得回去休息了，谢谢你。"

然后他真的……从钱包里掏出了一百块钱。

好看的手微微颤抖，人民币一百元和酒气在两人之间，周达雨没有想好接还是不接。

时间定格在这里，但时间也不算什么。酒让时间拉长，有时又变得极短。周达雨歪头大笑，捧着水晶球。

"你以为我真的不会要吗？"

周达雨伸手去拿那张钞票，但它像粘在男人手里一样，纹丝未动。

"你微信多少，我转给你吧。现金我要留给自己打车。"男人笑着说。

"你搭讪的方式是不是有点过于老土？"周达雨也觉得自己有点儿轻浮。日子太无聊了，恶作剧下也无妨。

然后那边站在路灯下的两个男人飞速地打亮了手电。

周达雨第一次感受到了光的温度，酒精让她继续保持傻笑。男子的目光、不远处的手电光都让她脸上烫烫的。

人一旦喝了酒，身体就会变得非常敏感，所以时隔很久回想，周达雨依然记得射在自己脸上的手电光，还有冰凉的KTV大堂门外的大理石地板，包括后来被带到派出所做笔录，民警让她签字时递过来的那支笔的温度。

冰凉的二月份没有生命的笔的温度。

韩剧女主角的苦命啊！

翻了无数的白眼之后，周达雨觉得，无所谓吧，任何人生际遇，都值得高呼万岁。

但真是太过分了！一想起自己的人生本来毫无污点，竟然因为给一个人算命而被当作特殊职业者带到派出所里询问，周达雨就有一种原地爆炸的冲动，力道积攒一下，气沉丹田，再炸个粉身碎骨，连这个戴眼镜的男的，全都清理干净。

"周达雨，原来你是本地人。"民警问，目无表情地瞄着她的身份证。

"不然呢，我从外地赶来这里唱歌吗？"周达雨非常不满，被带上警车的时候甚至试图挣脱，但所剩不多的脑子，让她后来放弃了挣扎。

两个倒霉蛋，确实符合一切性交易的特征：彼此不认识，说不出对方的名字。更糟糕的是，被抓现行的，是对方给她递了一百块钱。

"关键我没收啊！我还没拿到手呢！"周达雨坐在桌子前，酒醒了四分之三。脸丢得太大了，以至于她要不停地拍打，避免变得更大。

"别激动，你喊什么喊，什么情况先说清楚。"民警冷漠，转而拿起男子的身份证，"凌野，你呢？"

"我从北京来出差，在 KTV 和同事们唱了一会儿歌，然后下楼，就遇到了她。我不能因为她很可爱就给她一百块钱吗？"男子声音没有变化，又看周达雨，顺便挤了下眼睛，大概意思是"不用紧张啦"。

民警无法回答他的话，在所有讯问当中，"我不能因为她很可爱就给她一百块钱"这种事情，很难发生，这样的回答也很难出现在讯问笔录里。

他只好干咳一声，用来掩盖无法回答的尴尬。

周达雨气坏了，觉得这样说实在有违事实。

"我有那么可爱吗？"她笑出了声，转向凌野。

凌野是个不错的名字呢。

警察的逻辑被彻底打翻在桌前。"你俩别嬉皮笑脸的。"

凌野换作异常严肃的脸，眼睛里却挤满了笑意。"是的，是的。"先回答民警，再回过头，确认地对周达雨狂点头。

这帅脸又轻浮了，轻浮得有点好看。

周达雨来了力气。"警察叔叔，我觉得你们抓人的时候应该有个基本判断，第一，我这样的从头发到妆面到长相到……你觉得我会是那种人吗？"

"这跟你像不像没关系，我们主要看事实……"

"事实就是，我坐在那儿，他过来让我给他算命……"

而后，周达雨抱歉地说："我要吐了。"

然后冲进了派出所的卫生间。

"很高兴认识你，周达雨。"走出派出所的时候，凌野这样跟周达雨说。

周达雨皱了下鼻子，吐过后，酒完全醒了。空气中湿漉漉的，大概是要下雪了。

"我不高兴，我没有进过派出所的纪录，竟然是这么荒谬地被打破了，这很不体面啊。"周达雨看看食指上的红印子，再把手揣进上衣兜里，裹紧它，长长地吐气。

"这倒是我印象深刻的情人节。"凌野学她，伸出食指看看，指向天空。

"我送你回家吧，不然多危险。"然后，他说。

"你在更危险吧。"周达雨双手插到大衣的兜里。

"有案底了，非常安全。"凌野笑。

街上已经没有人。周达雨没有拒绝，也没有说话，雪花落下来了，让整个城市变得极其安静。这个地方，到晚上十一点，就像进入了永夜。

"北京好玩吗？"周达雨问。

"好玩啊，算命不会被抓。"凌野说，"大概，是因为有很多有趣的人吧，不过，周达雨你好像很适合那里。"

"为什么？"

"有股子饿不死的生命力。"他正色说。

"谢谢夸奖，收到了。"周达雨认真想了下，颇为赞同，"嗯，我确实很容易饿。"

长街停止了运行，路灯下的雪，缓慢地簌簌而下，时间是晚上十一点半。周达雨和凌野慢慢地走着。

"好安静。"周达雨叹了一口气，再深深吸一口，像要把这接近午夜的清净一口吞掉一般。然后她唱：

if you miss the train I'm on

you will know that I am gone

you can hear the whistle blow

a hundred miles a hundred miles

a hundred miles a hundred miles

......

凌野静静听着，任她到了五百里。

"你唱歌很好听。"凌野说。

"唯一天赋，不不不，还不够算天赋。"周达雨说，"我到家了。"

"今天对不起啊，害你进了警局。"凌野站定了说，端正的鼻子，在夜灯下有道好看的阴影。

"没什么，我的日子太无聊了，这算，一种体验吧……再见。"周达雨转身，准备上楼。

"那我可以加你的微信吗？"

"有必要吗？"

"非常有。"

周达雨找到手机，发现已经没电了。

她按了一下，开心地说："看来没有这个缘分。"

凌野拿出自己的手机，按亮它，它发出一声凄凉的叫声，迅速变成了一块黑色砖头。

两人笑出了声。

　　"我的号码是……835471508。"周达雨讲出了自己的微信号，"能记得住就加吧。"

　　"好的，那再见了，835471508。"凌野大声念着，向她挥手。

　　走上楼的时候，周达雨仍能听到他的声音。他拦住一辆出租车，坐进去的时候，他说："835471508，到世贸酒店。"

　　周达雨笑了，她真的觉得挺开心的。一定是因为下了雪吧。

　　热气升腾在空气中，整个浴室里，像个仙境。看着镜中红扑扑的脸，周达雨觉得自己做了一个奇怪的梦。这个端正鼻子的男子，今晚真的出现过吗？或者，只是自己喝多了，在KTV 打了个奇怪的盹儿？

　　她伸出食指，寻找红印泥的踪迹，发现上边什么都没有。

　　吹干头发，她走进自己的房间，按亮正在充电的手机。

　　微信里，是思思发来的语音，里边很喧闹："周达雨，你跑哪里去了？到我们主打歌的时间了。"

　　"喂喂喂。"

　　"你这家伙，又玩失踪？老子要罚你的款！"

　　"周达雨，你带着你的水晶球给老子滚回来哦……"她又接着唱，"让我们红尘作伴，活得潇潇洒洒。"

　　周达雨觉得好吵，并没有新人加她。

端正鼻子到酒店了吗？会不会被司机拉到郊区杀掉？她觉得自己想法太奇怪了，为什么会突然关心一个陌生人呢？

她有点困，又有点小兴奋。突然她站起身，拉开窗帘，关掉房间的灯，窗外的雪，把夜色映得格外明亮。

手机发出一声细微的振动声，她快速回转身拿了起来。

又是思思的："我们回家啦。你到底在哪里？给老子报个平安啊。报个平安啊！"

"我，活，着，呢。"周达雨似乎用尽全身力气，回了一句语音，再把手机扔在床上，回头看雪。

雪是美的，没有声息，整个城市格外安静。但也没有什么好，不就一直这样吗？下完这场雪，春天应该正式来了。

周达雨头发冰凉，因为刚洗过的缘故。她不喜欢吹头发，头发浓密，好像永远无法吹干。为节省时间，她常常一手刷牙，一手吹头发，看起来像个要抢时间赶着出门的人。

抢了时间干吗呢？又没有什么正经事做——但总好过吹头发这样浪费时间的事情。

索性直接摔倒在床上，湿漉漉的脑袋顶在枕头上，再弹起来，感觉发丝抽在脸上，有轻微的痛感。

外边没有声音，手机有气无力地熄灭了屏幕。

周达雨有一种奇怪的沮丧。

像从迪士尼乐园走出来，瞬间被车水马龙拉回现实的感觉。

刚才那场闹剧，确实发生了吗？

周达雨迷迷糊糊地睡着了，梦中，她的手机雷达一般地寻找着什么，但看不清前边的方向。直到手机发出"叮"的一声，像微波炉终于煨熟了东西。周达雨看到一个叫凌野的名字跳了出来，在自己的手机微信里。真奇怪是不是？

　　一个人，突然间，生活里就多了另外一个人。

　　但困意来得太猛烈了，点了"添加"，她再也没力气思考，连句"你好"都没有说，就沉沉睡去了。

　　然后，她收到了一百块的微信红包，上边的标签是，算命。

　　你会算命吗？

　　不会。

2

2016 年情人节，周达雨认识了一个男人，这个男人要改
变她的人生轨迹，虽然她四顾一下，自己也没什么正经的人生
轨迹可言。

这日子太没劲了。

周达雨这么想着，在梦里都要狂点头。

早上醒来，她盯着自己床头柜上的水晶球发了一会儿呆，
外边应该是下了大雪，整个窗子明晃晃的，感觉太阳很大。

她拿起手机，看到几条未读微信。

是凌野。

除了红包，他说：

"很高兴认识你。"

"为了补偿昨天的伤害，今天请你吃午饭，不许拒绝，你

应该也没有别的约会。"

"地点在这里。时间是十二点。"

一个补充进来的共享位置。

倒是离周达雨的工作单位很近，以及，怎么会是这里呢？

再看一眼时间，周达雨喊了一声："迟到了！我的妈呀！"

妈在厨房里还没有来得及答话，她就已经破门而出了。

这样一个女子，在雪后初晴接近十点的时间里，是一个纷乱别致的存在。

头发蓬乱着，有几缕天线般地直立起来，脸上有宿醉后的浮肿，加上胡乱套上的白毛衣、露出毛衣的蓝色牛仔衫，怎么看都不像一个要通勤的上班女，倒像是个赶着去考试忘了带准考证跑回家去拿再跑出来的高中生，何况，她斜挂着的长背包正在拍打她的屁股，里边的东西发出胡乱的响声。

站在办事处门口，周达雨调整了一下呼吸，蹭着从门边弯腰滑过的时候，还是听见了李主任混合着浓痰的雷鸣般的喊声："周达雨，你怎么不中午再来啊？"

母亲告诉周达雨，在这个单位上班，考勤就是命。

因为除了考勤，也没什么业绩可查。

周达雨弯腰僵住了，眼睛看着鞋，才发现自己穿了两只不同的袜子。只好举手致歉，顺势回答："主任对不起，醒早了，没睡到中午。"

主任对她迟到的原因毫不关心，对她这样的回答更不关心。

他只需对迟到的这位喊出名字，权威树立，上午的全部工作也顺势完成了。

从这点来看，周达雨的考勤问题，构成了主任上午最重要的工作，没有之一。

此时他沉吟了一下，像要说什么，但最终没说出什么。他的脸沟壑纵横着，下眼睑被老花镜放大，看不到眼睛的存在，他说："赶紧着吧。"又环顾四周，"下午一点有个学习，不许请假，所有人都听到了啊。"

所有人不知道听没听到，也没有回应，主任呷水的声音覆盖了整个办事处，也淹没了周达雨"叮叮当当"坐进工位的声音。

是这里了。

坐了一年的办公室，也将坐很多年，想想都觉得绝望，无法呼吸。除了标语更替，似乎永远没有变化，包括身边的大姐们。她们被时间凝固了，声音、发型、工作姿势、和人交流时为了显得认真但又不耐烦可又得压住不耐烦的声音，都被凝固了。

周达雨像是坐在琥珀里给她们算工资，工资也没有变化。

每个月最繁重的工作，是把工资单切成条，再塞到信封里，一个个写好名字，在月中的时候发给她们。

周达雨总是切歪，因为工资条实在太细了，怎么可能切不歪。

"哎哟。"

周达雨叫了一声。

A4 纸其实是非常锋利的。

周达雨的手指沁出了血。

脑海中，她正拿着一张纸，把这个工作地点削水果般切得七零八落，主任皮厚些，大概要费些气力。

十二点的时候，大姐们瞬间拿起饭盒，向食堂冲去。吃饭如此重要，让她们在此刻表现出了雷厉风行的一面，比火警警报响起还能快三十秒离开座位，对时间，尤其是下班时间的把握，如裁纸刀般锋利精确。

主任最后站起身，走到周达雨旁边："小周，下午的学习会议，你必须参加，不可以请假哦。"

周达雨正按住手指观察伤势，忙不迭地说："好啊好啊带伤参加。"

李主任摇头："你们这些年轻人啊，玩心太重。"

玩心？周达雨对这个词想反驳了，主任，我不是玩心重，主任，我是没有心啊。

可为什么今天，心里惶惶的，凌野的约会，要去吗？

要去。

借此试着与干瘪的日子说声：滚蛋。

想到这儿，还真是勇气倍增。

站在与凌野约的地点时，周达雨肚子咕咕作响，这才想起自己没有吃早饭。

真是一个奇怪的约会！

一个陌生人，一个有端正鼻子还一起进了派出所的男人，一个刚刚认识的人，约着一起吃午饭，自己就去了，是不是太不端庄了？

可一个目前看起来蓬头垢面，昨夜喝了酒今天迟了到日子就这样过下去的自己，端庄有意思吗？

"我要改变我要改变我要改变！"周达雨拍拍自己的脸为自己壮胆。

按照凌野的定位，周达雨步行到具体地址，心怦怦直跳，不是吃饭吗，怎么会在"蜂巢"卡丁车场？

是的，被卡丁车嗡嗡作响围上去的，像蜂巢一般形状的存在，从来不在周达雨世界里，也永远是不被她关心的娱乐方式。

卡丁车？什么鬼？

而且，她竟然没有担心被放鸽子。她也很奇怪，自己为什么那么确定凌野一定会准时出现。

两只汉堡被放在袋子里，一只好看的手攥着它们，非常招摇地伸在了她面前。

那个声音再次出现了。

"吃饭太俗了，我觉得你和我都需要不同的午餐。"是凌野，他换了黑色帽衫，显得更年轻了些。头发纹丝不乱，鼻子在阳光下显得更加端正。他没有醉意，整个人全盘恢复了，在阳光下发着光，笑容很温暖，让人觉得像认识他很久。

"垃圾食品也能用来请人？"周达雨仰起脸来，故作不满意的样子，但肚子里的叫声暴露了她。

确实，心中无事最开心，垃圾食品最宜填饱肚子。

拿过汉堡，咬一大口，周达雨觉得自己踏实了一些。

"这地方就在我办公室的楼下，我为什么从来没有来过？"周达雨此时才觉得自己头发太乱了，阳光打在上边，再把影子投在地上，那几根避雷针，终于被她注意到，急忙用手往下捋了捋。

"是吗，这么巧？！所以说，反而是像我这样的外地人，才善于发现新鲜的地方。这种露天场，北京很少有的。"

嚼着汉堡，两个人走进卡丁车场。中午时段，又是工作日，这里空无一人。看场大叔被雪后的寒冷赶到了屋子里，给完他俩头盔，又问他们要几台车，周达雨摆手说："我可不会开啊。"

凌野对她露齿一笑："一会儿就会了。两台。"

他的声音干净、温暖、果决，像切纸刀一样锋利。

坐在场边的长椅上，阳光照下来，没什么力道，却让周身暖暖的。周达雨对这一切都有点蒙，人跟人真奇怪啊，昨天还素不相识，今天就坐在这样的阳光下吃汉堡了。

嗯嗯，一定是韩剧一样的生活正式来临了。她想。

"算命的，你没算到今天中午跟我在这里吃汉堡吧？"

"是，可你没想过万一我不来吗？"周达雨十分好奇地反问。

"没有啊，你不也没想过我不来吗？"凌野非常坚定。

"不不不，我想过，我只是顺便来看看。"周达雨噘着嘴，显出不满意的样子，"还有，我坚决抵制任何超过自行车速度的运动。"

她坚定地看着凌野："说出来不怕你笑话，我有速度恐惧症。"

凌野笑了，眼睛眯成一条细线："所以才需要脱敏疗法。"凌野似乎对她的刻意否认毫不在意，他把汉堡纸塞进纸袋，再把头盔戴在头上，跟她招手说："我先热个身哦。"

周达雨眼看他上车，伴着卡丁车的声响，看到他呼吸般自然流畅地转弯，像一支墨水充足的自来水笔，画出弧线。

速度，那是什么？

周达雨初中毕业时，家门口的立交桥刚刚建成，她和同学走上去玩，被一个骑自行车疾驰逆行而来的妇女直接撞翻，膝盖上留了很大的一个疤，这让她害怕速度，导致她后来连自行车都没学会。

阴影就此形成，一旦车速过快，周达雨膝盖就隐隐作疼。嚼着汉堡的周达雨看着疾驰的卡丁车，眉头皱了起来，膝盖又有点疼。

他漂亮地甩了一个弧线，停下来，看向她，伸出手，说："来吧。跑一圈。"

她摆手说"NO"，坚决不要，觉得会被甩出去，再重重地摔在地上，膝盖里的螺丝啊弹簧啊螺母啊钉子啊都将迸射而出。

　　之后，她像个机器人般，整个人木掉了。等缓过神来，凌野已经不由分说，将她拉到卡丁车的副驾，给她套上了头盔。

　　然后，她还没有尖叫出声，头盔的眼罩就被凌野迅速扣下。速度在瞬间提升起来，到她发出尖叫的时候，第一个弯道即将出现。

　　"啊！"周达雨的尖叫声冲出赛道，被甩到了某处。

　　凌野说："没事儿，放心。"他把驾驶盘归位，提升速度。第二个可怕的弯道出现了，接近九十度吧，或者一百度，管他多少度。

　　"你放我下来！！！"周达雨声嘶力竭。

　　"不……"他果断地回答，任由周达雨的尖叫被甩出去。接着，继续下一个弯道……

　　"可……

　　能！"

　　三个字被他讲出，弯道已经过了三个。周达雨叫不出声，面色变得苍白，眼泪直接流了下来。

　　"你再不放我下来，我就喊救命了，我认真的，凌野。"周达雨声音都颤抖了，整个人像被贴在墙壁上般，动弹不得，而两条腿，则被卡丁车紧紧吸住。

凌野放慢车速，认真地看她。"越恐惧的东西，越要试着面对。"

"你赶紧……放我下来。"周达雨说，"我对这个一点都不感兴趣，以及，你千万别觉得你开得好我就会为此折服，一点都不会，我和你搭讪的那些女的完全不同……啊……"

凌野坚定果决："我来告诉你，这是二十迈。"

"三十。"

"啊！"周达雨尖叫，"你赶紧给老子停下！"

"五十。一个人老在一个速度一个节奏里，会废掉的。"凌野的声音变得更大。

耳畔是风，前方是什么，周达雨不知道，也不想知道。此刻，整台卡丁车已经变成一只冲锋陷阵的工蜂，正在向自己的目标急速前进。

"八十！"越过一个弯道之后，周达雨听到凌野说，"睁开眼睛，马上就要飘了。"周达雨的耳畔全是风声，脚底能感到路面和轮胎接触的抖动，以及飞溅起的赛道上的雪。

"睁开眼睛啊，周达雨。"

凌野的声音在耳畔格外清晰。

周达雨抓紧扶手，睁开眼睛，似乎看到风从整个面罩上摔打过去，再在耳后形成一个旋涡，旋即消失不见。

世界在这一刻，似乎停止了转动。看向身边，凌野目光直视前方，心无旁骛，鼻梁挺直。

待车子停稳，周达雨整个人瘫倒在副驾驶位上，没力气说出一句话。似乎速度，真的没有那么恐怖？或者真如凌野所说，在一个节奏里人会废掉？自己难道甘于像被塞进复印机的 A4 纸？

周达雨面色苍白，她推开车门，赌气般地坐进另一台卡丁车内。

"告诉我怎么开。"她说。

这个下午，周达雨做了件勇敢的事，确切地说，是三件。一是和一个陌生人见面；二是挑战了速度；第三，她手机一直在振动，那里储备着足量的主任的咆哮，应该会在手机接通的那一刻奔涌而来吧。

但她是开心的，她可以有胆量去认识一个人，开一台车，那种掌控感，真的——棒呆了。

就是在这个时候，她做出辞职的决定的，让 A4 纸见鬼去吧。

"你什么时候回北京啊？"被送回办事处的周达雨，终于鼓足勇气问凌野。

"其实是晚上七点的机票。"凌野看了下手表，说。

"那再见吧。"周达雨转身要走。

"好，微信联系。"凌野似乎有话说，"我……"

"不对，还是别见了，反正也不会再见。"周达雨打断凌野的话，向凌野招手，觉得似乎这样的，基本上，也不会有再见的机会了吧。

"不过，真的很谢谢你。"她笑了，笑让这个姑娘在太阳下发出光来。

凌野欲言又止，车开走的瞬间，他摇下车窗说："喂，算命的……我怎么觉得，你会来北京找我呢？"

周达雨怔了一下，转身进了办事处。

李主任的咆哮在打开门的瞬间扑面而来，没有留白。这么重要的学习，竟然有一个最年轻的办事处人员缺了勤，这太严重了，思想问题严重。

她听不清一切，也不想听清。大姐们在窃笑着，也觉得这小姑娘需要教育，不然太不像话。

周达雨的脑袋，像浸湿的拖把般，无法再有任何东西进入。

然后她听到自己说了六个字："主任，我要辞职。"

李主任没有停下来，他年轻时做惯了自我批评，中年后又由此学会了批评别人，讲话总试图触达对方灵魂深处，早练就了嘴比脑子快的本事，此刻需要时间学会刹车，等把自己的排比句讲完，他才意识到周达雨说了什么。

"你脑子搞搞清楚，你知道自己进来时有多难吗？"

周达雨当然知道，她想起了母亲找李主任时的讪笑。

这反而让她更加坚定了。

"我要辞职。"她说，"主任，我想好了，我这两天来交接工作。"她觉得自己长大了，卡丁车像一台促使她变化的机器，速度给了她一些勇气，没有什么大不了的。向主任很韩式地鞠了一躬后，周达雨转身，走到自己座位，拿好那支从大学起就陪着自己的钢笔。

走出门去。

"喂，你什么意思？！你这丫头是疯了吗！！！"

她惊动了那些没有变化的大姐，大姐们的人生有两次兴奋：一次是办公室来了新人，一次是办公室走了老人。

这一次非常例外，办公室走了新人，还走得这么利落。

走出办事处的时候，周达雨的手一直在发抖。

"我要飞了，可以一直跟你聊天吗？"凌野发来微信。

哦，忘了删他的微信了。周达雨敲敲自己的脑袋。

拉黑一个人需要三步：找到他，点删除，点确认。

到第三步的时候，周达雨松开了手。

她犹豫再三，在对话框里回："不可以。"

但事情常常从"不可以"开始，女人们口是心非大概如此。

这么来看，周达雨后来决定去北京跟凌野算有关系，平凡女子周达雨，要改变现在一成不变的生活。

种子一旦种下，心里就长满了草。

当晚，母亲在家里做了一桌菜，等着周达雨到家。主任的电话，当然比她的脚程快一点。

"你说不干就不干？"母亲利落地把饭盛在碗里，放在周达雨面前，这放碗的声音不大不小，像压在她心上。她埋头扒饭，要把母亲的埋怨和疑问，通通扒到肚子里去。

次日，她一早醒来，看到自己的妈整装待发。

"要出门啊？"她问。

"你不去上的班，我去。"

小城市有小城市的规则，也有小城市的不规则。周达雨的妈妈熟悉这些不规则，只当她的辞职是临时起意。但位子是要保住的，不然前边干吗死求活求找这个工作？

妈妈干吗去呢？帮着周达雨打卡。反正和主任是老同学，教育谁都是教育，周达雨她妈，也可以被教育。

被撂在一边无所事事的周达雨，第一次体会到了什么叫作无所事事。

双脚荡在蜂巢卡丁车场的长椅上时，她想起自己旁边曾经坐着一个叫凌野的家伙。这人，真的有点意思。

后来的几天里，他们常常发微信、说话——彼此在干什么，北京和这里是什么天气，周达雨仔细地回着。哪天没说话，心里又空落落的，像此时，三个小时没音信了，到底在干什么呢？

这状态如同网恋，很不符合周达雨的人设，但不是立志要改变人设吗？

凌野说，长期在一个节奏和速度里人就废了。可惜，她周达雨，从来没有速度，不知终点，要么匀速前进，要么……停止不动。

　　她是在这个停止不动的下午，做了去北京的决定的。

　　"去干吗？"马思思正准备结婚，此时拉周达雨到她的新房里，两人边喝啤酒，边对着她的婚纱照闲聊。

　　婚纱照真是中国最惨绝人寰的发明，发展这么多年，依然拥有最丑的框儿和最粗浅直白浮夸的表达。马思思很漂亮，化完妆却变成了好像原来很丑被修得很漂亮一样，男人则……本来很丑，因为化了妆又更丑了百分之三十。

　　"找找自己的可能性。"周达雨觉得自己说得太深奥了，马思思未必能懂。像发现了什么，周达雨指着婚纱照上那个男的。

　　"思思，你说实话，这男人你看着不恶心吗？"

　　"一开始吧，是挺恶心的，后来看习惯了。"马思思抚摸着自己手臂上的镯子，一点也不生气，"我妈说了，好看难看，看久了就看不出来了。"

　　周达雨用手戳了戳照片上那个人的脸："可咱们的日子就这么过吗？就这么大无畏地奔向中年妇女吗？"

　　"啊，不然怎么过？"马思思继续摸镯子，长睫毛忽闪忽闪的。

"奋斗啊，年轻不是就该奋斗嘛！为梦想闯荡，一个人生活，多酷啊。"

马思思回过头看她："你有病吧？"继而追问："再说了，你有梦想吗？"

还真没有。

周达雨被问住了："没有啊，可以找找看。"

马思思："这么确定哦。"

周达雨拿了一个手镯对着灯看："倒也没。"又喃喃自语："但我要离开这儿，一天我也待不下去了。"

马思思噗嗤笑出了声："你这样，像谁呢，像那部文艺片《立春》里的，唱歌剧那女的，王彩玲。"

她摇摇晃晃地起身，到墙上把婚纱照摘下来，扣住："你不说我还不觉得，这么仔细一看，是有点恶心……周达雨，你娶我得了。"

周达雨推开她："你走开，别影响老娘奋斗。"

马思思笑得花枝乱颤，花枝很粗大，简直要抖落下花瓣来。

"对了，我认识了一个人，他在北京。"周达雨突然有些小黯然。

"什么？网恋了吗？你要投奔他？"马思思是那种必须知道目的地的女孩，周达雨不是，但周达雨要什么，她也根本不知道。先上路吧，大概是这样的女的。

她只是觉得，如果再和平日一样自转下去，自己这颗不知名的小星球，就要毁灭了。必须强调的是，凌野不是唯一吸引她的理由，她甚至都不准备把自己即将去北京的事情告诉他。

他，只是开启了她对一件事、一个城市的向往，那个地方，在吸引她，往那里靠拢过去。

不管因为什么，反正在这里，所谓的故乡，活得也像个异乡人。

3

　　带着根本没有的梦想，一张余额一万一千的卡，那个水晶球和那支钢笔，周达雨踏上了去北京的火车。去干什么，会有什么事情发生，她一无所知，也许凌野算是一个心理依靠，但她也没告诉他。这个大世界，终究要自己亲自去见证。

　　在这里，需要强调下她和凌野的关系。凌野回北京之后，他们在一种密集浓稠的交流中，试探着彼此恰当的位置。

　　微信上周达雨说了无数的话，以至于偶尔翻看聊天记录，她也为自己能说那么多话感到惊讶。

　　大多是废话。

　　但所有的对谈看似没有目的，又似乎全都指着一个方向——他们终将在一个地点会合，但也没有办法具体描述何时何地。

这一天，周达雨和凌野似乎都感受到了，再说就会是设想在哪里见面的话了，那天两个人的话特别少。

"如果有一天我去北京了，你会怎么办？"打下这句话的时候，周达雨像人面对空山，她有种不祥的预感。

果然，好事总是不期而遇，坏事却难得不出所料，凌野的界面显现着"对方正在输入"的字样，可一直持续了很久。周达雨盯着这六个字，像知道了答案。

过程大概持续了三分钟。

三分钟里，周达雨重新审视自己这半个月的行为，发现，原来对这段关系存在着巨大的侥幸和误解。

最终凌野回："那好啊。"

之后再也没有声息。

二月过完的这一天，似乎有了春天的气息。但这一天，周达雨和凌野的隔空对话，被冻结了。

周达雨个性里，是没有忧伤这件事的，所以，心里咯噔了一下之后，反而坚定了她去北京的念头。原来，骨子里她是盼着山穷水尽的，这样，知道个明确的态度，才好大步向前，不作别的念想。

做决定后，母亲替她收拾了行李。父亲坚决表示反对，这是他为数不多表达强烈意见的时刻，妈却淡然，叮嘱了些注意安全之类的话，眼角连泪光都没泛起。

只说，钱花光了，别跟我要，自己回来。

周达雨那一刻憋着一股劲儿，只想赶紧走，可以不问前程，跟妈说了有生以来最正式的话："妈，我只是去看看有没有机会，不然我一辈子都会后悔的。"

她妈停住说话，愣了下。

"这词儿，有点俗了啊。"妈真酷。

"哎呀好了，我去了又不是没地方住，小妍在那边都给我安排好了。"周达雨也觉得，词儿有点俗了。

小妍，她高中时的死党，目前在北京。

周达雨拎着行李上车的时候，没有留恋，也不害怕，她觉得这是必须要干的一件事，毕竟，自己是个开过卡丁车的女人。

想起凌野，最终还是放弃了告诉他。

坐上火车，看着远去的城市，周达雨一点也忧伤不起来，突然觉得，自己的人生好像真正开始了，于是在座位上弹跳二十五次，以资鼓励。

然后戴上耳机听《五百里》，企图让自己沉静下来，却不禁唱出了声。

Lord, I'm one, Lord, I'm two

Lord, I'm three, Lord, I'm four

Lord, I'm five hundred miles

away from home！

天啊，我要离家五百里！周达雨内心在尖叫，继而，可能也真的尖叫出来了。

对面一个女人戴着墨镜，嘴巴画得很红，看起来没有表情。她在周达雨落座后开始皱眉，到她尖叫时，终于忍不住，说了声："闭嘴。"

似乎觉得太唐突，自己也闭了嘴。再把头低下去，看眼前的书。

书是三岛由纪夫的《金阁寺》。

发现周达雨看她，便对她假笑了下，继续看书。

周达雨摘下耳机，问："你也是去北京吗？"

对方又皱了一下眉，那是五官中最显眼的位置，墨镜覆盖之下，没有其他表情。对方点头，算是回答，但又似乎想起了什么，眉头松开。

她说："对，回北京。"不知道为什么，把"回"字讲得比较重。

大概，"去"和"回"是两个意思。

"那我正好想问一下，这个地方怎么坐公车去？"周达雨在包里翻找，终于掏出一张皱巴巴的纸给她，是小妍的地址。

对方没有接过去，手是继续捧着书的。

周达雨只好把纸打开，再调转到方便她看的位置。

"第一次去？"她说。

"对。"周达雨点头。

"有行李的话，建议你就别坐公车了，走得太远。坐出租，一步到位。这个钱省了也没意义。"

她把脸转向书，再不说话。

下车的时候，她把墨镜挪到长发上，露出好看的眼睛。

起身拿起行李架上的大衣，披在身上，转头跟周达雨说："去正经的出租车点儿，别打到黑车了。"

周达雨正手忙脚乱，还来不及回答，她已转身而去。

达雨拎着行李下车出站，回头看见"北京西站"四个字。这里就是北京了？略显杂乱的，灯火闪烁的，即便再整齐也会被脚步踏乱的地方？

哎呀，我还真有点外来妹的小拘谨呢。达雨自我取笑了下。

她拿起电话，小妍一直没有接。看看手里的地址，排队等上出租车，报了地址，再打。

终于，小妍接电话了。

"怎么了？达雨陛下。"小妍躺在床上敷着面膜，终于接了电话。现在应该是没那么熟了，但毕竟之前算是生死之交。人生中，这样的"生死之交"都会变成"算是"。

"如果我现在在北京要来找你，你会疯吗？"周达雨看着窗外，语气略带调皮，手里攥着自己的身份证。

"会……"小妍心里有股不祥的预感，"你别开玩笑啊！"

"当然没开玩笑，等我啊！我的小妍！啊，天安门，我看到天安门了。"

周达雨转向窗外，兴高采烈。

"你赶紧睡觉去，不会做梦呢吧。"小妍拍着脸上的面膜。

"没开玩笑，你等我啊，我大概半个小时就到。"达雨匆忙挂了电话，调出照相模式，把身份证放在车窗外天安门前，按了拍照键。

周达雨微信里，还保留着上火车后发给小妍的那一条："我今晚到北京。"

信号不好，微信根本没有发出，红色小图标在这句话的前边。

"唉……"小妍满腹狐疑放下电话，"不会来真的吧。"她挠挠蓬乱的头发，瘫倒在自己的单人床上。

"北京，我终于来了。"周达雨心中默念，平复了下，看着车窗上自己的影子发呆，戴上耳机，任音乐灌满耳朵，"Lord啊 Lord，我已经离家五百里……"

此时还是冰冻般的三月，北京看起来切割般平整规则，街灯发出昏黄的光，八点钟的光景，街道极宽，却被车塞满。

周达雨望着街边风景，眼睛里尽是好奇。车窗上倒映着她无辜的脸，头发略显蓬乱，她整理了一下，突然觉得自己有些孤单。

周达雨自己念叨："也没那么难啊，一张票的事儿。"

"姑娘，你从哪儿来啊？"司机看着后视镜中的她，问。

"宜安。"

"哦。"司机大概搜索了下自己脑中的地图，无法对应。

是哦。那个故乡，没有风景名胜，特产欠奉。

周达雨给母亲发了一个微信："妈，我到北京了。放心。"

再找到凌野的界面，输入："我来北京了。"

似乎可以看到端正鼻子的脸，但最终，她删掉了。

如果你喜欢过一个人，大概就知道，为什么虽然心里有一千万句话要说，最终你都没有说。

她对凌野是爱吗？

不是吧。

怎么突然小情小调了？周达雨给自己一个差评。这个城市真大，去往小妍家的路，显得无限漫长。

被司机师傅叫醒，再拿行李，关上出租车的门，周达雨站在了街口。车水马龙都在这一刻消散，小区过于安静，周边也没有人，刚才的街景、人、车流，被一个转弯消灭掉了，什么都没有留下。

三月的天气，风吹过来，沿街的摊档都关掉了，不远处的杂货店仍亮着灯，也黑黢黢的。

周达雨听到身后有脚步声，她停下来收拾了下蓬乱的头发，余光看到后边有个黑影子。

她走快些，对方也走快些。她走慢些，对方也走慢些。

她觉得有点恐怖。

怎么了，不是韩剧人生吗，怎么变成剧情片了？周达雨心中暗想。

黑影子一直不离不弃，直接跟她到了小区。周达雨猛然回头，吓了对方一跳。

何况，周达雨还摆出跆拳道的手势。

被吓一跳的女人站定，米黄色羊绒大衣，质地极好的样子，头发梳在后边，一脸素净。

女人说话了，单手抚胸，声音干净清爽："吓死人了。"

周达雨点头致歉："对不起对不起，我以为有坏人呢。"

女人眼睛不留情面，上下打量了她一下，吐出天气般冰冷的话："哪儿那么多坏人，孩子，最坏就是没有人啊。"

女人闪身而过，手揣在大衣兜里，然后拐进小区门口的便利店。

周达雨觉得自己神经紧张了，听见女人说："老板，来包万宝路，带爆珠的。"她一脸羞惭，拉着箱子低头猛走，终于找到了小妍的楼号。

楼道并不显得比老家更好一些，甚至，单元门口被盖满了印章，像一面风格独特的背景墙。楼下的门禁坏了，拉开门，周达雨直接到楼梯间等电梯。

按了八楼，一只手"啪"地把电梯门挡住了。

正是刚才的女人，手里点着一支烟。

周达雨侧目看她，她鼻梁挺直，嘴巴埋在围巾里，看不出表情。周达雨按"8"，女人看了下，没动。

周达雨心里暗自怀疑，看她手里的烟，再看看电梯。

女人似乎意识到了："哦，不好意思，我不抽。"

然后说："我到了。"

周达雨走出电梯，寻找"801"的字样，女人也大喇喇地下了电梯，绕开她，掏出钥匙开门，再把门关上。

愣在外边的周达雨对了下门牌号。

"对啊，是这儿啊。"

再拉着箱子下来，看看单元号，坐电梯上去，地址就是刚才女人关闭的门，只好站在门口给小妍打电话，电话还是没人接。

小妍，你别跟我开玩笑啊。

周达雨只好硬着头皮敲门。

门应声开了。

素净脸的女人手里拿着烟，依旧面无表情。此时算彻底看清楚她的脸：应该有三十岁，或者更大些，脸色有点苍白，五官显得干净，眼睛令人印象深刻，明明可以让人亲近的面孔，却带着肃杀之气，令人无法靠近。

周达雨囧了，怯生生地问："请问小妍是住这里吗？"

素净脸的女人仍旧面无表情地甩下两个字："等着。"

转身穿过客厅，对着另一个房间的门轻轻敲了两下："醒醒啊，有人找你。"

再看周达雨一眼："进来吧，换鞋。"

周达雨点头称是，拉着箱子刚跨进家门，女人的声音再度响起："轮子脏，别在家里拉，提着。"

周达雨刚想放松的手臂，立刻又紧张了起来。

到后来，周达雨才知道，不管死党也好，闺蜜也罢，在北京，基本上没人有迎接"不速之客"的能力。

她还将知道更多事情，包括友情、爱情、人和人之间不可描述的关系，都会在她走进这个房间之后慢慢刷新，水落石出。

半睡半醒的小妍还是接近热情地接待了达雨，但浅浅的拥抱暴露了她的坏情绪，或许还不能接受周达雨的突然来访，她礼貌但不亲近，这让周达雨多少有些失落。

房子是个两居室，小妍的房间是北边稍小的那个。客厅算是大的，摆着皮质的明黄色沙发，蛋形的透明茶几上，闲散地摆着香薰蜡烛，龟背竹提升了房间的生气。后边，开放式的厨房和餐厅。棕色地板看起来整洁，琴叶榕树立在墙角，显得精神抖擞。整个客厅和外边旧楼的感觉截然不同，像被凭空挪移到这里。

暖气很足，迫使达雨必须脱掉自己的羽绒服。

小妍抱怨她怎么不早说，又拉她进到自己房间，关上门。

达雨环顾这个卧室，算得上整洁，大概十二平米，只是跟小妍平时在朋友圈里晒的不大一样，倒是独得一扇飘窗，看出去，是三四环之间彪悍的车流。

窗下，一盆干枯的茶花，证明主人曾经爱过这里，现在么，放弃了。

小妍略显尴尬："呃，最近没怎么收拾，有点乱。"但又不得不表现出兴奋，只好快速拉开沙发上的衣服，甩在床上。

"你怎么也不提前说，我要不在呢？我要出差了呢？我要没接到电话呢？"

"这不是有住址吗，而且我想着，也别太给你添麻烦。"

"在北京，不请自来才是麻烦呢。"

"呃，是吗？"周达雨吐舌，也觉得自己唐突。

小妍似乎缓过神来，用拳头捶她："你说说你！你以为这里是老家串门儿啊。"

外边传来女人的咳嗽声。

小妍立刻收了声音。

达雨问："那女的谁啊，看起来那么恐怖。"

小妍："嘘，相当于我们的楼管阿姨，我的房东，其实也是个二房东，白树槿，我叫她白素贞。"

"蛇精啊？"

"蛇精病。"

两人笑了。

"那你之前，不是说自己住吗？"周达雨突然想起什么，问。

小妍沉默了一下，没有直接回答问题，甚至有点面红，只好转移话题说："节省成本嘛！你来玩几天啊？"小妍扔掉面膜，看着她的行李。

"玩儿？我是来找工作的，准备开始我的寻梦之旅了。"周达雨"刺啦"一下拉开行李箱，开始寻找自己的睡衣，"所以我可能要暂时住两天，然后赶紧找房子和工作。"

小妍吓了一跳："你没开玩笑吧。"

"没啊，你看。"达雨拿着手机给小妍看，"我前两天已经在找网站编辑之类的了，还让我线上答题来着，而且有一个说，基本上就确定职位了。"

是的，在为来北京准备的日子里，一个网站，对周达雨表达了录用她做编辑的意向，但也仅仅是意向而已。

又打了一个喷嚏。"北京还是挺冷的，这都春天了啊，我……明天就去找房子。"

小妍没有作声，丧失了刚才的兴奋劲儿，缓缓坐在自己的床上，对埋头收拾行李的达雨说："达雨，你不用找房子了。"

周达雨没有抬头，说："为什么啊？"

"我……要回老家了，你就住我这个得了。"

"回去几天啊？"周达雨不以为意。

"大概……就不回来了。"小妍缓缓地说，像讲出一句非常艰难的话。

达雨停下手，抬头看她。

"怎么说呢……这么大个北京,好像也没有我的容身之地,你待待就知道为什么了。"小妍艰难地说,"之前不信邪,老觉得自己能闯荡下,闯荡半天,觉得还不如我爸打个电话来得有效……"

达雨站起身,坐到小妍的身边:"那你回去干什么?"

"当公务员,结婚,生一个两个的。你还记得那个李翔吗?我们谈恋爱了,他跟我一块儿回。我们想好了,不在北京了,没有着落。"

周达雨沉默了一瞬间,人都是得陇望蜀的吗?试图挤进对方的生活,还认为那是自己想要的。

像摆脱不开心似的,小妍振作了一下:"你去洗个澡吧,不过你只能睡沙发了,我这小床,挤不下咱们俩。哎,这就是北京啊。"

水晶球被达雨摆在了沙发床旁边的茶几上,放下它的时候,像放下了自己的心。

周达雨蹑手蹑脚地去洗澡,刚洗完头发,发现水很凉,不禁叫出了声。周达雨把头包住,非常狼狈地到洗手间门口,压低声音又竭尽全力地呼喊小妍。

素净脸的女人出现了,达雨尖叫一声,挡住自己的胸。

"行了,挡什么挡,猛一看根本看不见好吗!"她的声音干脆利落,转身绕过周达雨,走进洗手间,按住马桶的按钮,"轰隆"冲了一下水。"水压低了,以后早点洗。"再回头看向周达雨，"凉了，就按下马桶冲水，这么洗。按着点，是不是热了？"

达雨进淋浴间试了一下，说："谢谢啊，可这样多费水啊。"

女人转身出门，甩下一句："不洗最省水了。"

周达雨赶紧打开水喉，托住胸，对着有雾气的浴室镜自言自语："真看不见吗？"

回到卧室，头发还是湿淋淋的，达雨躺下，把头垂在沙发外边荡："小妍，你睡了吗？"

小妍粗声粗气："睡了。"

达雨望着窗外有微光的窗子，自言自语："这里可是北京哦。"

她打开手机，看着凌野的微信对话框。那句"那好啊"，停留在上方，像面飘荡但内容空洞的旗。

我们是如何变成了没有联系的人？

"我终于感到，我们之间的全部通信只是一个大大的幻影，我们每个人只是在给自己写信。我深刻地爱着你，但却绝望地承认，当你远离我时，我爱你更深。"

来自安德烈·纪德。

周达雨没来由地想起这句话，继而昏昏睡去。在北京的第一夜，不知道对错，不知道前程，但好在，一切似乎就要从头开始了。

像人生被裁纸刀"咔嚓"了一下。

周达雨在梦中傻笑，北京，我在这里了。

4

　　房子的事儿经历了一次正面交锋和破旧立新，三天时间，周达雨竟然在北京安下了家。

　　当然，第一次和白树槿的交锋，即便集周达雨和小妍二人之力，依旧败下阵来。

　　她俩太嫩了。

　　为什么房租变成了三千？小妍带着周达雨找白素贞，哦，不，白树槿PK，最终全线溃败。那时她正坐在客厅里喝咖啡，气质优雅，表情不可亲近，眼皮抬都不抬。

　　"没道理啊，你就当我继续住不行吗？"小妍冲着她强调，但气场上还是弱了几分。

　　白素贞轻描淡写的，说话似乎不费力气，嘴唇轻启："我能当你住吗？你搬走我本来就想自己住了，谁知道又来一位。

整体房租涨了，我也是刚接到通知的，去年七千你出两千五，现在一万了，你出三千，按比例你该出三千三百三，你还赚了呢，激动什么？"

"你……"

"你什么你，你那个惊喜来了提前跟我说了吗？"白素贞喝掉剩下的咖啡，留下小妍和周达雨在客厅呆若木鸡，两人不仅没有还嘴之力，其实连刚才那笔账，都没来得及运算清楚。

"今天周三，打扫起来。"白素贞拿起自己的包儿，回头再看一眼周达雨，"还有，她到底什么情况，有正经职业吗？上班吗？在哪儿上？别跟你似的，每次都得让我催着交房租。基本情况发到我邮箱里，我看看。"

她转动自己的颈椎，像睡了一夜早上更累似的："咱们的规定也得跟她讲清楚。"

一边整理房间，帮小妍打包行李，一边让这个小房间成为真正意义上的家，周达雨的鸡血体质，让她觉得，新日子开始了。

从小妍的介绍和为数不多的两次接触里，二房东白素贞的形象浮出水面：二十九岁，狮子座，金融行业，也对，看起来就精于算计，性格冰冷坚硬，很难焐热，多说一句话都不会，爱喝红酒，穿丝绸睡衣，喜欢窗前独坐，貌似在思考什么。有时在家中焚香，小妍说，把家里弄得跟小型雍和宫似的。还有，似乎没有男友，对男人有点偏见，毕竟这岁数了，所以——也不允许，小妍留男友过夜。

合租规则，则看起来有些中二，像极了女生宿舍的规范：
1. 严禁大声喧哗，也严禁小声寒暄……

周达雨对着贴在冰箱上的合租规则大笑："就是在家里闭嘴呗。"然后继续朗读，"2. 不期望双方之间有过多的交流，最好继续保持陌生；3. 严禁带男人回家，恋爱出去谈；4. 轮流打扫房间，洗衣机分好时段，如下……"周达雨皱起眉头，声音越来越小。

"这比我妈管得可严多了。"

"你呀，还是先找到工作再琢磨这个吧。"

"找找找，我就不信了，这么大的北京，能没有我周达雨的立足之地。"

"达雨陛下，赶紧挪开你的立足之地。"小妍拿着拖把拖地板，"我呢，站好最后一班岗，这房子，就交给你了。三天后，咱们再见就老家见了。"

"你等我发了大财……"

"行了，醒醒啊。"

早晨的北京，阳光正从落地窗上照进来，微尘在阳光里旋转浮动。北京的日子转得快，上午最不经过。

在北京的晨光里，白树槿走向自己的骐达车，高跟鞋和裤子之间有风灌进来，略显寒冷。她妆容精致，面无表情，和周边匆忙行走的人没有不同。

脸冷惯了，笑都嫌累，白树槿就是这样的女的。你要不认识她，觉得，呃，也不想认识她。

虽然她也漂亮，但这不足以抵消她带给人的距离感，大概的感觉是，把租客身份都高傲成业主了，眼睛扫过保安的时候，对方都立刻站直了，"咔"地敬了个礼。

之后保安回味，刚那个女的谁啊。

老爷车有年头了，本来也是二手的，只是能开罢了。冬天最容易出问题，打火儿的时候，发出刺啦的声响，像发动机里咔着一口老痰。从家到公司，大概二十分钟的路，因为有了这辆车，她不再受挤地铁之苦。但开车有开车的苦，干耗在路上堵车的日子里，白树槿觉得，走走停停，吃个早饭的日子也不错。但那日子，随着三十岁的逼近消失了。

穿上高跟鞋，就给自己提了一股气，那气由小腿发散到腰肢，再往上就到了胸口和肩颈。她早已不是刚来北京的小女孩了，十一年，去掉学龄前儿童时期，家乡和这里在她生命中的烙印是等长的，并注定，这里的时间更长一些。

这天阳光还算好，也没有霾，属于难得一见的高清模式。

快到公司的时候，车子有点状况，速度提不上去，像老人在爬坡，动作很大，脚下却没跟上。

一辆机动三轮从她前边抄了过去，上边，坐着她的新同事仲要。起这个名字，也不知道是有多重要。他算好看的男孩，只是此刻脸被冻住了，表情像个不愿意上学的初中生正负气坐在车里去往最讨厌的学校。这表情，让小白觉得有点好笑，又突然想到什么，开车超了过去。

不争气的，还没有一分钟胜利的喜悦，她的骐达熄火了，是的，颤抖之后，断了气。

她下车，用脚踢了骐达前轮三脚，又有点心疼自己的皮鞋。后边的车狂按喇叭，她慌忙跟对方说不好意思，心一横，只好自己来推。

真是荒谬的场景，一个妆容精致的她，此时，觉得如芒在背，似乎有一滴汗在后脑上缓缓滑行，又蜡油般穿过她的大衣和高跟鞋，直入地心。

好在，一只手搭了过来，帮她一起用力，将车推向路边。她抬头要说谢谢，仲要明晃晃的笑容冲进来。"不客气。"他明朗地回复，抢在了白树槿的谢谢说出口之前，再冲她笑了一下，继续用力，车被推到了路边。

白树槿有三分之一的尴尬，三分之一的慌乱，三分之一的……要在一个下属面前保持威仪，拍拍手说："这破车，该扔了。"

仲要猛烈地点头，说："挺冷的，先放这儿吧。"然后做了个邀请的手势，"只好让您坐一下机动三轮了。"

下一幕，白树槿和仲要并排坐在机动三轮上，有点挤，两人肩膀抵肩膀，看着北京早上的太阳，相对无言。

仲要把袋子里的豆浆拿出来，说："白总，热的。"

"不用了，你的。"

"我没喝过，新的。"

白树槿说："不是这个意思。"只好拿过来，捧在手里，豆浆的温热渐渐从手掌传递上来。

"咦？"仲要像有什么发现，冲她挤了一下眼睛，"白总，我们像不像新闻主播……"

然后正襟危坐："观众朋友们大家好，欢迎收看今天的新闻联播节目。"

确实，二人同框如果只卡上半身，确实像主播台上的两位。

"哈哈哈。"白树槿笑了，真是年轻人无聊的玩笑。但仲要的眼睛是好看的，笑起来弯弯的，不带任何伪装，连带被过低温度冻红的鼻子，白树槿觉得……生命力，对，就是这种二乎乎的生命力。

到了公司，两个人前后脚进大楼。

白树槿坐在办公桌前，刚刚打开电脑，仲要走进来说："白总，你把车钥匙给我。"

"哦？"

"我刚才叫了救援，中午休息的时候，我去把车弄回来。"

白树槿从包里拿出车钥匙，说："这多不好啊，让你帮我办这事儿。"

"应该的。"仲要非常明朗地笑了，"举手之劳。"

未来，这个叫仲要的男人，不，男孩儿，对她来说很重要，这一刻，白树槿并不知道。

　　白树槿在若干天之后，深深感谢了这次老爷车的闹脾气。两个人，总是在某个瞬间，开始向彼此靠近，但这个瞬间在哪里，何时发生，根本没有人知道。

　　所以，我们只好认为：这是缘分。

　　当然，到了晚上，再次面对新租客周达雨，白树槿相信缘分是分两种的，一种是缘分，一种是遭遇。

　　望着眼前这个女孩子，白树槿有一种水逆到了次卧不得不防的感觉。敷上面膜，白树槿微闭的眼角里挤过去一个人，正是准备从洗手间里逃回自己卧室的周达雨。

　　"你叫什么来着？周达雨啊？"

　　"对啊，是不是特别好听？别人还问我是不是五行缺水，才起这个名字。"周达雨无辜地看着二房东，多少有点儿恐惧，但也尽可能地保持傻大胆。

　　"不重要。"白树槿制止了她的解释，但没制止住。

　　"其实是……生我的时候下了一周的雨。"周达雨嘴比脑袋快些，这句话和白树槿的"不重要"重叠出现。"大姐，你叫白树槿，是五行缺木吗？"

　　"我五行只缺钱。"白树槿打断了周达雨，"地铁出小区往左走；小区三个门，快递外卖只能进南门；小区路面上没有车，人车分流做得好……房租是押一付三，每季度第一个月的六号交；水电暖气平分。"停顿了一下，她皱眉说："还有，别叫我大姐行吗？"

"大姐姐？"周达雨默默嘀咕。

"行了，前边什么都不用加。"白树槿皱眉，"你有工作了吗？"

"正在苦苦寻找。"谈话无疾而终，周达雨灰溜溜地躲回自己的房间。

周达雨的交代隐瞒了一部分，这一天苦苦寻找的除了工作，还有房子。

为了避免和这个看起来凶恶的二房东正面接触，真正找到一个人生活的感觉，下午时，周达雨到小区口的中介处，试着找了找单间的房子。房子的面积、质量和价格就像北京给她的第一个见面礼，让她知道了什么叫作：刚需。

中介："这个日式的，闹中取静，三千五。"

周达雨："这连床都没有，直接睡地上就叫日式？"

中介不以为然："门口有参鸡汤的还叫韩式呢。你管呢。"

中介："那这个好，阳光充足。"

达雨："这不是半地下室吗？"

中介："我们来晚了点，十点的时候，阳光相当好。"

中介："这个呢……可以增加交际面，像美剧一般生活。"

达雨："什么美剧？"

中介："六人行。"

达雨："住着六个人就叫六人行？上下铺我上学的时候住够了。"

中介："很有情趣啊，有种曲径通幽的感觉。"

达雨捂脸。

"这是人住的地方吗？！"周达雨自言自语完，立刻就有人从隔壁房间露出头来，他的头发一缕一缕的，面色蜡黄，手里拿着一把吉他，他说："必须是。"

周达雨悲伤地坐在自己的沙发和床上，手里捧着水晶球。安居乐业啊，看来，我必须先在这里熬一下了。

屋子外边，正在做意面的白树槿，将长头发绑起来，露出白皙的脖颈。香味入侵了周达雨的房间，她想起来，自己有点饿了。

手下意识地点到微信，打开凌野的界面，她想说些什么，最终还是放弃了。

肚子正咕咕叫着，周达雨听见了客厅里的脚步声，莫不是白树槿大姐动了怜悯之心，意面做了两人份？果然，香气越来越近，周达雨闭上眼睛都能感觉到意面的热气。脚步直接停到了她的卧室门口，她睁大眼睛，回头看过去，白树槿正端着一盘意面，对自己微笑。

"这多不好意思啊。"周达雨这句话就放在嗓子眼儿，只等白树槿来一个招呼，立刻双手去接，恭敬不如从命。

白树槿四顾一下房间，开了口："行啊，改造下像个人住的了。"

周达雨想，这个女人，送吃的还需要寒暄什么？她努力咽了口水，再礼貌地站起身，说："刚开始弄，会更好的。"

白树槿优雅地拿起叉子，卷了意面上去。

周达雨盯着她的动作，这么客气，是要喂我吗？

幻想停在了这一刻，白树槿把意面优雅地送到自己嘴里，慢慢咀嚼，而后说："把你洗手间里掉的头发弄走。"

周达雨的双手悬在空中，像被冻住。

"你怎么知道是我的啊？"

白树槿带着意面的香气转身走了，甩下一句话："我的亮，发质好，不分叉。"

周达雨咽了一下口水，觉得这一次吞咽，连带自己的饥饿窘迫痛苦一并进了胃里，那里似乎有个极大的空洞，亟待食物填满，亟待一切的填满。

为什么到此刻还没有吃饭呢？周达雨擦着洗手间的地，觉得要昏倒了。下午送走小妍的时候，见到了李翔，胖成另外一个李翔了，继续保持着憨厚，他说："歌里不是唱了吗？工作越来越忙，我却越来越胖。"

小妍是带着哭腔跟周达雨告别的，行李被她发快递寄走了，随身只带着一个小包，她说："你看看，两手空空来，两手空空回去。"

进站的时候，小妍抱了一下达雨，她说："你呢，自己一个人，多照顾自己，任何时候，好好吃饭，就不会想家。"

此刻的周达雨，知道了这句话的意义。

送走小妍的整个下午，周达雨都在收拾自己的小房间，拖地，擦桌子，捡沙发里的饼干屑、床底下的硬币，扔掉一些看起来有用但其实不会用到的东西。

这里显得空荡、寂寞、没有声响，顺带沉默的，还有自己的手机、微信的声音，坐在这个小房间里，周达雨觉得自己和世界隔绝了。

原来，饥饿也是可以证明自己存在的东西，另外，绝望也是。电话是在这一刻响起来的，电话另一端，应该是一个礼貌的戴着金丝边儿眼镜涂着红唇的中年女人。

她说："周达雨吗？您之前是不是接到过我们的编辑岗位的通知？"

达雨忘记了饿："对啊。"

对方应该是调整了一下发型，沉吟片刻，说："现在抱歉地通知您，我们这个岗位取消了。但是，您已经进入了我们的新员工蓄水池，一有新的职位立刻会通知您的。"

达雨："可我……已经因此来北京了啊！"

她说："哦，那北京欢迎您。"

达雨无话可说，双方在电话里持续了十秒干干的沉默，彼此没有声响，是对面的女子率先打破沉默，她说："再见。"

然后挂断了电话。

是的，挂断了电话。

这个电话，像挂在周达雨本已饿得抽搐的胃上，左上方，是她那颗心。她觉得自己，第一次感受到了心的存在，此刻，它像被一只大手狠狠地攥住。

她从卧室走出来，显得有点灰头土脸，兜里的中介卡片掉落在地，被白树槿一眼看见。

此刻，吃完晚饭的她，在客厅铺上蓝色的瑜伽垫，正和着音乐做瑜伽，她眼睛微张，似乎看穿了一切："这片儿的房子，性价比最高的还是这间，其他的要么破要么贵。"

周达雨逞强说："领教过了，但我想，总有一天我也会拥有自己的房子，你等着。"

白树槿被这个不知天高地厚的姑娘惊呆了，说出四个字："干我屁事。"翻了下白眼再补一刀，"你能按时交房租就好了。"

达雨被噎住了，转身要回自己的房间。

脚步被白树槿喝止住，她缓缓吐气，说："等下。"继而字正腔圆道："你内衣要挂在自己卧室，万一被邻居看到……"吸气，吐气，再说："还以为是我的……那可丢脸了。"

周达雨欲哭无泪，伸拳打向空中，可是太饿了，这一拳，显得绵软无力。"你等着！"

白树槿并不看她，说："我没工夫。"

白树槿也不知什么时候变得如此坚硬的，这种坚硬连瑜伽也不能修补，大概是，见怪不怪了。小妍生性冷僻，在家里存在感很低，基本上两人也很少见面。这个新来的，倒是虎虎生风，很像自己刚来北京的样子。

自己来北京的时候什么样呢？土，满怀热情，第一个房子是筒子楼，十四层，过了十二点停电梯，要爬上去的。

不仅要爬上去，那时候在出版社做编辑，带二十万字的书稿负重上楼，现在想来，也要感叹自己的体力。

白树槿永远记得十二点过后，楼道里散发出的，终年不见阳光的尘土的味道、未被及时清理的垃圾味儿，现在闭上眼睛，还能闻到当时回家后吃的方便面的味道。

吃得要吐了。

即便现在屋子里点了香薰蜡烛，依然压不住的方便面味儿。

白树槿想着那个味道，缓缓地吸气吐气，觉得自己幻嗅了，为什么一旦想起，这个方便面的味道就越来越强烈？简直扑面而来。

待她睁开眼睛，看见餐桌旁，周达雨正面对一盒方便面垂涎欲滴，眼神里的渴望，像看着一块待切割的巨大钻石。

白树槿张口欲吐，站起身冲向洗手间干呕，这举动吓到了正准备大吃一顿的周达雨。白树槿回来，捏住鼻子，对着周达雨做请的手势。

"进屋吃，进屋吃。"

"为什么？"

"特别味儿，弄得家里跟火车上似的。"

"可是……特别香啊。"

"全是添加剂，能不香吗？进你自己卧室吃去。"白树槿说完这句，又干呕了一声，再次冲到洗手间。

周达雨疑惑地看着她，端方便面回到自己卧室，重重地关上房门，骂了一声："矫情！"

打开窗户，让风灌进来，三月的北京夜色如墨，看不见云，更没有星星，周达雨露出一个小脑袋，构成了无数窗口中的一个。

隔壁阳台，一对弹吉他的青年，正在努力练着歌；楼下，吃便当的单身姑娘，正在跟自己的猫絮絮叨叨地说话；再往上看，一对情侣正在认真地吵架，何其认真啊，年轻就是，吵架都绝不节省体力……

这个地方，到底美妙吗？到底正确吗？

周达雨暂时没有答案。

在跟母亲的微信语音里，她说，妈，我挺好的，正吃牛肉面呢，热气腾腾的，大块牛肉啊。

隔壁的吉他声停了，两个脑袋从阳台上挤出来，看着周达雨说："晚上好。"

周达雨尴尬地招手："你们怎么不练了？"

"饿了，被你说的大块牛肉馋到了。"两个人笑。

而客厅里，白树槿收拾了一下，看看手机，准备出门。她觉得有点羞耻，又觉得没所谓。

她还是决定要去赴约了。

5

白树槿有个男朋友，确切地说，不算男朋友。

到了一定年纪，很多事情无法再追求"确切"。白树槿在什么时候放弃了这些追求，时间已不可表。

只知道生命在某个时候，像被一刀切开，彻底改变了对一些事情的看法。

什么时候再看到"和生活和解"之类的话，白树槿嘴角轻微上扬，发出一声轻蔑的"喊"，觉得，那不过是认怂罢了。

自己高傲、矫情、对别人不宽容，这些她都知道，但自己也曾单纯、热情、每句话都当真，这些她也知道。什么时候自己的人设切换了，她不知道。

从编辑转行的那个瞬间，做了近视眼手术摘掉眼镜的瞬间，在这个叫北京的地方心不慌乱的瞬间——大概是在这些时候变的。

如果不冰冷，又被人冰冷，岂不是很尴尬。

她喜欢这个叫陈年的冰冷的男人，但后来也没有再说过"喜欢"二字，太重了，认真爱一个人需要计算，白树槿忘了这习惯是什么时候开始的，一旦收支失衡，就有大麻烦，不是自己麻烦，是对方——你付出太多，对方会觉得累，继而觉得你是个麻烦，麻烦会影响正常生活，不如不爱。

所以，她和陈年收起了这句口头的喜欢。

他的热切只反映在怎么对待她上，就像今晚，她一到门口，门就打开了，而后他张开双臂，迅速将她揽入怀中。

她这样理解：所有他对她的爱，都体现为夜里的拥抱。

他的吻和拥抱，像潮水般包裹住她，再由慢变快，变成风暴的节奏。她放弃了思考，像放弃了对他追求爱的权利一般，任由这潮汐、风暴裹挟，卷入风浪中心。

他比她大，保持单身状态，至少在外人看来是这样的。他是个作家，有时没有作品，就暴跳如雷，砸掉家里的东西和画，再默默收拾好。他和他对外的形象大相径庭：公开环境中，他发表克制的言论，文字洁净缜密；生活里，隐藏着暴躁愤怒狂浪的另一个他。

他穿麻质的衬衫，夏天的时候，显出刀背一般的肩膀，锁骨峭立，手好看，细长、白皙却有力。

就是这双手，在白树槿还是编辑的时候，伸向她：你跟别的女人不一样。

白树槿慌了，但还是伸出了手。她爱他的文字，之前好奇大于爱，现在不好奇了，当时好傻，想，写出这样文字的人，该是怎样的呢？

此刻，白树槿陷落在他手里，像一块橡皮泥，任他在暴虐中雕琢，但橡皮泥没有退缩，反而找到被攥握塑造的乐趣。

白树槿发出声音，为此感到羞耻，但仅有一个瞬间，之后再度沉溺于快乐当中。身体确实很诚实，相当诚实。

这两年，是身体的诚实，促使她一次次走进黑暗里，赴和陈年的约会。

陈年不提爱情，不谈婚姻，是个彻头彻尾的独身主义者，至于为什么会有白树槿这样一个独特的存在，恐怕他也很难自圆其说。

不说爱，不约会，不吃饭看电影，他们基本上保持着一周一次的见面节奏。在陈年的公寓里，亲密无间；在陈年的公寓外，不再联系。

微信记录大概不用删除，两个人的表达非常简单。

"来吗？"

"来。"

"今晚有空？"

"有。"

白树槿忘记什么时候变成这个节奏的，翻回去看的时候非常羞耻，觉得自己成了和陈年一样的人，貌似独立，和其他人无碍，又逐渐像一棵看似无毒却侵害力极强的植物，周边寸草不生。

陈年的撞击越来越有力，手陷进她的身体，像要把她捏碎；白树槿发出含糊的声音，她问："你爱我吗？"

"爱。"他只在此刻这样说，还含混不清。他俯下身来吻她的脖颈，鼻息形成旋风，在肩胛骨上打转。她看到他的鼻尖如犁一般，正从左胸耕耘到右胸。这是他们唯一谈爱的时刻，陈年正持续爆发力量，他说："我爱你。"

然后，烟花就在脑中绽放了。

她是幻想过和陈年有更深层次关系的，甚至约过他看电影、吃火锅，像普通情侣那样。陈年拒绝了，觉得，浪费时间。

浪费时间，那节省下的时间用来干什么？此刻，她躺在陈年身畔，手指再度滑过他的肩胛骨。他俯身趴着，鼻息清晰可闻。高潮退去后，他身体渐冷，变得不可亲近。

她愿意相信他是爱她的，至少爱她的身体。她也不能否认，她和他相处和谐——她爱他文字的沉静，也爱他文字之外近乎暴虐的情感。

"我的室友换了一个，倔倔的，特别二。"

"唔。"陈年的声音含混不清，算是回复了她。

"很像我刚来北京的时候。"白树槿继续说，似乎并不在意他是否回答。她觉得自己也凉了，便凑近陈年一些。

从后边拦腰抱住他。他似乎并不乐意，向外侧挪了些。

这举动让白树槿难堪。

手机发出轻微的振动。

她打开看，是仲要。

"小白总，车启动前，稍微热一下，就不会抛锚了。晚安。"

晚安后边，是一个傻笑的龇牙的表情，像阳光下他的傻笑一样，毫无保留。

白树槿心里涌起一种奇怪的东西，微笑了下，默默起身，穿衣服。黑暗中，陈年的身体泛着一道冷清的白。

"我走啦。"她说。

男人并不起身，甚至没有抬头，只含混地说了声："好的。"

白树槿到客厅里打开冰箱门，想找口水喝，发现里边只有小瓶的啤酒。

出来叫车时，白树槿用大衣裹紧身体，左腋下夹一瓶啤酒。她点燃一根烟，等出租车来，心中暗自发笑：怎么自己像一个女混子呢？

这关系，到底算不算糟糕？为什么自己总是奔跑着前来，又仓皇离开？

冰凉啤酒顺喉咙、食道形成一条细线，直达胃部，白树槿打了一个寒战。《恋爱的犀牛》里说，你是我温暖的手套，冰冷的啤酒，日复一日的梦想。呵，每个人的啤酒和手套，都是不同的，而梦想呢？日复一日，总会生变。

第二天，阳光刺眼。

周达雨在客厅里打拳的嘿吼声叫醒了白树槿。

"要去卖拳为生吗？"白树槿头发有点乱，打着哈欠走出房间。她倒了一杯水，双眼迷离地坐在沙发上，看周达雨架势十足、虎虎生风地练着。

周达雨不管她，兀自对空发着狠。

"真没想到，家里来了个叶问。"白树槿喝了口水。

"这是跆拳道，叶问是咏春。"周达雨翻白眼。

"就是你们这派没有代表人物呗。"白树槿放下水杯，准备去洗手间洗漱。

"工作找到了吗？"

"正在……"周达雨挥出一拳，"不劳您费心，房租不会少你的。"

再挥一拳，觉得还不够狠，说："我就是街头卖艺，桥上贴膜，也一定要在这里活下去。"

"感谢叶问。"白树槿双手合十，回头撂下一句。

周达雨停手，觉得，狠话说得轻巧，做起来真的很难。

今天约了三个面试，都是编辑的职位，大学学的中文，早知道，换个专业，厨师专业也行啊。

周达雨把衣服摆在客厅的沙发上，看看穿哪件更像上班族，总体来说，只有灰色那件还算是上班的样儿。

白树槿收拾停当，准备出门，在玄关换鞋的时候，突然说：

"现在的小孩儿啊，面试总想着自己穿什么，其实是这里……"指指自己的脑袋，"要想好这里有什么，再想想自己要说什么。"

她像对着空气般，没有看向周达雨："化个妆吧，口红稍微得有点儿，别看起来跟没睡醒似的。"

门被关上，白树槿高跟鞋的声响留在了楼道里，周达雨根本来不及回话，觉得自己一肚子的回复全被门关住了。

她想起了什么一般，拉开房门，冲着楼道喊："我已经化过妆啦！！"

看来要重新化下才行。

周达雨上了妆，反而不好看。

凌野像现在的这个房间一样，没有声息。这是周达雨到北京的第五天，给白树槿交完房租——好说歹说变成先交两个月的——周达雨卡里还剩不足五千元。几乎所有积蓄都用在了眼前的这个容身之地。

用小妍的话说，你周达雨在老家白吃白住的日子结束了，自你交上房租的那一刻开始，你在北京的行走坐卧，都要付出一个词儿。

"什么词儿？"

"成本。"

周达雨的面试，就要从解决成本问题开始。

面试果然不顺利，即便有白树槿的提示，周达雨也未能想清楚自己脑子里有什么，以及在被问问题的时候回答什么。

多年后，周达雨应该知道，自己认为生死攸关的面试，对面试官来说，只是日常工作，所以他们可以"啪啪"按着手机，抬头抛出一个看似简单又好像很有深意的问题。

"你的爱好是什么？"

"呃……看电影。"

"看电影，那就是没有爱好咯。"面试官放下手里的手机，再看向她，"你为什么来北京？"

"可能，是为了活出不一样的自己吧。"周达雨足够诚恳。

面试官笑了，问："多不一样？"

"反正不能混吃等死，我要改变节奏。"

"那你有什么工作经验？"面试官再问。

这已经是今天第三次了，周达雨有点想不明白，如果没有第一次，怎么会有下一次？经验是天生就有的吗？

"我有热情，我觉得工作经验可以积累的。"

"也对哦。"面试官似乎深以为然，然后说，"那你等通知吧。"

后来，达雨才知道，"等通知吧""我们有空一起吃饭""我想想再回复你"是三大金句托词，之后就是——没有通知，没空吃饭，不会再回复你。不正面答应就是拒绝，竟和凌野如出一辙。

但此时的周达雨不知道，她对凌野是抱着一丝侥幸的，虽然，也很难再找到理由解释，为什么这个男人会在她说来北京之后彻底消失不见。

面试出来的路上，周达雨非常绝望。三月的黄昏，太阳没有内容。擦身而过的路人，看起来都有要达到的目的和要去的地方，唯独她，此刻，第一次感到了刻骨的孤独。

打电话给马思思，她说："做面膜呢做面膜呢，一会儿说。"

那种没有着落、没有牵挂、没人说话的空洞。

这对周达雨的性格，真是个大挑战。

白树槿忙完手头工作，扭动着僵硬的脖子，给仲要发了一个微信："走吧，抽一根。"

仲要的回复立刻就到了："走。"后缀的笑脸仍是那个龇着大牙的表情。

白树槿站起身，走过仲要身边，轻声咳了下："仲要，去取快递吗？"

仲要心领神会："好的，白总。"

白树槿回转身，露出一丝微笑。在门外抽烟两次偶遇仲要，自此两人就有了这被叫作"取快递"的抽烟之约。

电梯里，白树槿看着宣传栏里的招聘启事，自言自语般："现在的工作要求好严格，当年的我放到现在，还真是考不进来。"

仲要咳嗽一声，挺直腰肢认真地说："我却考进来了。"

白树槿笑："你厉害了。"

仲要接住了："厉害了，六六六，可以可以，三大直男用语啊。"

"所以我是个直男，可以可以。"白树槿笑。

走出电梯，再拾级而上，就是天台，巨大的烟灰桶用来接待整个写字楼的烟民。

三月的夕阳把天台照出了别样的颜色，略重于粉，黄和红也融合在一起。

白树槿面对夕阳吐出第一口烟，仲要看着她头发上映出的夕阳的色彩，眼神有点迷离。

白树槿挺美的。

"你闪光了，白总。"

"别闹。"白树槿心里高兴，嘴上却很严肃，赶紧观察了下周边有没有人，然后正经地转移话题。

"你除了考试，还得面试，面试官都问你什么问题？"

"爱好啊之类的。"

"那你怎么回答的？"

"我没有爱好，就是工作啊！"仲要笑着说。

"油嘴滑舌。"白树槿笑了。

"我就是这么回答的，态度极其诚恳！"仲要眼睛看向白树槿，果然，异常诚恳。他的头发被整齐地梳起，露出干净的额头，眉骨有棱有角，配上整齐的眉毛，眼角略向下沉，眸色黑且深邃。

白树槿避开他的眼神："说正经的。"

"很多爱好没法说的，比如……"仲要把眼睛挪开，看着夕阳的方向，"我把哈利·波特的魔杖都收集齐了，还知道它们的名字，这算吗？"

白树槿不禁觉得幼稚，皱眉勉强道："算啊。"继续说："其实，为什么非要问人爱好呢，这跟工作有什么关系？"

"不然问什么呢？你知道很多面试官自己什么都不会，哈哈哈。"仲要大笑。

又似乎想起来什么："所以我有魔法师的直觉哦。"

"什么直觉？"

"今天你会收到一束花。"仲要很坚定地说。

"不可能，不年不节的。"

一根烟的时间，基本上接近两分半钟。

所以，时间是个虚无的概念，人虽被其控制，却很难分辨融入在这个序列中的时长。白树槿觉得，这个时间，忽长忽短，自己抽就长，有仲要就短。

话没有说够，一根烟就结束了。

转身下楼的时候，白树槿回头看仲要，他像个表情符号般在傻笑，背后有夕阳照过来。

"你也闪光了。"白树槿把这句话吞进肚子里。

回到办公室，要下班的时候，前台送来一束花，不，不应该叫花，枝条遒劲有力，叶子张扬，上边开着粉白色的小花，星星点点，是山梅花之类的东西。

这让办公室里的人一阵惊呼，小白总这棵铁树要开花了吗？

白树槿有点难为情，看着送来的庞大绿色植物发呆，又像想起了什么，于是发微信给仲要。

"你的直觉就是这个大家伙？"

"今天是3·14，白色情人节啊。"后边依旧是龇牙的笑脸。

这笑和陈年的不一样。陈年几乎没有表情，偶尔嘴角上扬，已算是笑的极限。陈年带着黑夜的红酒般的神秘气息，仲要不是，他像……啤酒，带着洁白的泡沫。

白树槿想起昨夜的那瓶凉啤酒，脸竟有些微微发烫。

把目光投向办公室外边，正好看到仲要抬头看她，他坚定地点了一下头，算是致意。

白树槿回避了这眼光，今天，竟然是个什么鬼白色情人节？

是的，都市人需要节日，情侣们更需要，尤其是正在热恋的他们，需要证明给自己和对方看——我在爱着你。

当然，稍微把握不好分寸，就会变成——证明给别人看。

周达雨此刻走过的街道，正上演着情侣大游街，稍微有点心的，大概是要被秀出的恩爱暴击，好在，周达雨这种心比脑子小、脑子其实也不大的女孩，可以在这样的环境里毫发无伤。爱情，是她需要解决了吃饭问题后，再去思考的事。

此刻，她正看着一家拳馆的招聘启事发呆，"助理，陪练，日薪一百"是唯一吸引她的原因。日后她才知道，这一百到底意味着什么；此刻，一百意味着她可以自力更生了。当然，前提是，对方得要她。

因为下边有一行令人绝望的小字，写着，只限男性。

她决定试一试，至少是个机会。

"这电影太扯了。"一个声音无意撞进了周达雨的耳朵，让她几乎要立刻回过头去，但这中间，又经历了几次翻转，像弹珠游戏里的弹珠被力道很大地打进脑袋，再急速奔向各种可能的出口，从听见到辨别到确定到不敢回头，大概只有零点五秒。在这个被无限拉长的时间里，周达雨脑中闪出了一个名字。

凌野。

从"你会算命吗"开始，到此刻，他们认识了整整三十天。

周达雨的心马达般狂跳，她终于转过头，找到了发出声音的人。他脊背直挺着向前走，身边一个女孩子，挎住他胳膊，正举手将一颗爆米花送到他嘴里。他挺直的鼻梁侧向女孩，下巴弧线分明。

在3·14，白色情人节的晚上，周达雨没有叫住凌野。她害怕了，甚至认为自己听错了，那个正和女孩亲昵互动的人只是她的一时幻觉。

幻觉过后，周达雨被现实狠狠地击了一掌。

"我们只要男的，还要干一些活儿呢，比较重。"

"我可以。"周达雨保证。

拳馆老板姓何，身体精瘦，肌肉毕现，看起来很凶。面部似乎也布满了肌肉，不笑还好，笑起来，像要做什么杀人越货的大事一般。

此刻，他笑了，说："你可以？沙袋那么重，你帮我挂起来。"

周达雨伸手去拎，才知道一个沙袋的分量，双手全力去拉，依旧丝毫未动。周达雨坐在地上，用尽全身力气，终于拽动了一点点。

"师傅，我没吃饭，力气不够。"周达雨挤出一丝笑容。

"我也没吃。"何师傅单臂拽住沙袋，一把把它拖起来，直接挂在了沙袋索上，"算了，这个活儿你干不了，回去吧。"

周达雨靠墙坐在拳馆的地面上发呆，回哪里去？回不能吃方便面的家吗？

一个小朋友，大概五岁的样子，靠墙坐着，默默挪近周达雨："姐姐，你也被何师傅训了吗？"

"没有，姐姐是来找工作的。"周达雨有点垂头丧气。

"何师傅看起来凶，但人特别好，我妈说的。"

"你怎么不去练啊？"周达雨看着这个小孩，见他头发湿淋淋地贴在前额上。

"何师傅说我今天够努力了，可以休息下。"小孩露出笑容，"姐姐你会跆拳道吗？"

"会一点儿。"

"我妈妈还没来，你陪我练一会儿吧。"

"好。"

脱掉鞋子，周达雨和小男孩练了起来。何师傅默不作声，将一切看在眼里。

周达雨自认为是个普通的女孩子，没什么坚强意志，也不会考虑如何表现出色。在这个叫北京的地方，她心很大，脑子很小，但她的随遇而安帮了她。

等男孩体力耗尽，周达雨活动了一下胳膊，发现自己也确实好久没这么出汗了。

放下护具，她跟小男孩说再见。

男孩问："姐姐，你明天还来吗？"

周达雨才想起自己的境况，苦笑了一下，说："估计来不了了。"

然后她听到何师傅瓮声瓮气的声音："我们拳馆，每天晚上五点到十点开门，需要助理的时间是六到十点，四个小时，每周结算一次。你可以兼职，明天开始上班。"

周达雨："什么？我可以来工作了？"

"好的。谢谢老板，明天见！"周达雨向何师傅敬礼致意。

何师傅继续面无表情地说："还有就是，每天收工前要把拳馆擦一遍，这个活儿你得干。"

"保证完成任务，就从今天开始吧。"周达雨立正道。卷起袖子，立刻干了起来。

"姐姐，我帮你一起吧。我妈应该一会儿才到。"

"好啊，乖孩子，你叫什么？"

"小飞。"

晚上十点十五分，周达雨傻笑着离开拳馆，打开手机时，发现有两条未读微信。一条是妈妈，很酷地说：怎么样，没吃上饭吧？工作没找到吧？什么时候逃回来啊？

气得翻白眼。

一条是凌野，他说：你干吗呢？

后来，周达雨听白树槿说，当有人问"你干吗呢"的时候，代表的意思是：我想你了。

或者：我想起你了。

在这宽阔世界里，人和人之间联系微妙，有时，连这句话都极其珍贵。

但即便懂得这些，也是很久之后的事了。

6

　　白树槿的人生有三大害怕，都和人群聚集有关，分别是：婚礼、葬礼、同学聚会。

　　她目前正被迫聚会中，大学同宿舍的几个女孩，哦，不，女人，深知她的秉性，把聚会搬到了她公司楼下。你不是忙吗？忙也得吃饭吧，好，那就在你公司楼下吃饭。

　　白树槿走进餐厅的时候，深深吸了一口气。

　　声音在餐厅门打开时就传了过来，笑声最大的是最胖的那个。大家都三十了，要有个三十的样子，她说。

　　"我发现呀，三十岁是什么，就是，肩膀和屁股一样宽，整个人方了。"

　　最瘦的那个揶揄她说："你怎么不说自己胸部和屁股一样厚呢？"几个女人哄堂大笑，胖的那个倒也不介意："那不还是方？立方！"

"唉唉，白素贞来了，你这个千年老妖，非得让我们把餐厅搬到你公司楼下来，你怎么那么重要啊你。"胖的那个声音很尖，但却是当年和她关系最好的那个，戏称自己为青儿。现在看来，青儿变法海了，一会儿准得开始逼婚、逼生，简称BB姐。

聚会话题的老三样：回忆过去，分享现状，强调养生。当然，三个环节并不依次进行，是交替进行，无缝链接。

"你喝什么？"BB姐。

"啤酒。"

"小时候你也不喝酒啊。"BB姐问。

"小时候我还不穿高跟鞋呢，我的BB姐，你就放过我吧。"白树槿拱手求饶，"果汁糖分高、咖啡太刺激胃，我喝哪个你没说法？"

"到一定年纪了，人就得注意。现在这个季节，本来就是天气干燥、万物生发的时候，可不得注意吗？"BB姐一条细纹都没有，她又胖了一圈，化妆品和脸分成两层，像用修图软件快速勾勒出来一般，没有瑕疵，也没有细节。

分享现状环节，是分享自己好的现状，分享没有来的人坏的现状。这个年纪，大家都结婚生子了，于是统一变成分享自己的孩子和别人的孩子，顺带夸耀别人的孩子，然后等着别人夸自己的孩子。

白树槿如坐针毡，菜没吃几口，酒倒是一杯下肚，胃里火辣辣的。预感越来越强烈，人就越来越低，她觉得集体催婚的号角即将吹响，只待 BB 姐一个气口。

手机一震，让紧张的白树槿找到了临时出口，是仲要。

"在哪里，在干吗？"胆子够大的，竟然问这种话。

"在无聊！海城餐厅，同学聚会，需要你的帮助。"姑且回他，当作一种忙碌。

"什么帮助？"

"你给我打个电话，就说公司有事情，需要我回来。"

"对方正在输入……"这个死孩子，赶紧打电话就行了。

酒过三巡，大家没有要散的意思，随着话题延展，反而有越来越嗨的迹象，这可不好！

BB 姐照顾全场，眼神路过白树槿："小白，老总，就你忙，你跟大家聊聊天嘛。"

"我手头有个工作，你等我处理一下。"白树槿脸一红，抓紧看手机。

"那你求我。"是仲要，后边跟着他龇牙的笑脸。

"你是不是想死啊！"胆大包天了，白树槿气得多打出几个叹号表达愤怒。

"下班时间！快，求，我！"仲要的笑脸浮现在眼前。

一个这样的男人，不，男孩，似乎天生具有撒娇卖萌的权利。这帮九0后，真是让人看不懂。

"求你了。"白树槿有点虚弱地回复，但示弱的感觉还不赖。唉，有多久，没跟一个男的示弱过了？

"好的！"仲要很快回复，又是那个龇牙的笑脸表情。

放下手机，再把自己放回到聚会中间，大家仍热火朝天，穿插着讲各种话题。BB姐hold住了全场："喂，小林，你今天怎么吃那么少，胃口不好啊？"

"不是，我……又怀孕了。"一直默不作声的眼镜小妹，终于找到了公布喜讯的气口，旋即她骄傲又低调地说，"今天刚三个月。"

"哇！"连白树槿都不禁发出赞叹。生命真是美好的东西，看着眼前一张张陌生又熟悉的面孔，白树槿感慨时间的魔力，附和着赞叹："是啊，如果没有这些新鲜的小生命呱呱落地，都像自己这样，时间的痕迹在哪里呢？"

电话没有响，这个仲要，到底在干吗!

硬撑的十分钟里，白树槿杀掉他的心都有，尤其是BB姐矛头一转，直接冲向白树槿："每次聚会，我最操心的就是你，怎么现在我像是你姐姐一样？"

白树槿尴尬地笑，说："你像我妈才对。"

BB姐继续："所以我得承担这个。你说我们宿舍，现在就剩下你一个没结婚了，你男朋友到底在哪里？你后边准备怎么办？这女的跟男的可不一样，一过三十，是迅速衰老。"

"对啊，而且，你得想想，自己将来不得当妈妈要孩子吗？"有附和者迅速跟进。

白树槿无心恋战，端起酒杯，跟各位说："我错了！我罪大恶极，我拖大家后腿了，我争取快速进步啊。"

BB姐不肯善罢甘休："那你到底什么进度啊？我们这些人，现在是喜事越来越少，你这桩，可真是想着呢。"

"白总，您果然在这里！"一个声音穿过来，是仲要撞开餐厅大门，步伐凌乱地跑向白树槿她们的桌子。喘着粗气的仲要，头发被风搞得略显凌乱，脸色微红："您还在这儿吃饭呢？客户正等着呢，没有您，说这事儿不谈，没法……谈。"他吞咽口水，缓解自己跑步带来的气息不稳。

关键是他还抱着那棵山梅花。

"仲要，你……"白树槿心中暗笑，觉得这孩子的演技实在浮夸了点儿。

"您快点吧。对不起大家，白总得跟我赶紧回趟公司，没她不成啊。"仲要大包大揽，直接越过瞠目结舌的BB姐，拿起白树槿的包，说："白总，快点吧。"

白树槿站起身，跟大家说："对不起，看来真得去处理一下，你们继续啊。"

仲要再向大家鞠躬道歉，口中说："姐姐们，打扰你们了，但有一句话不得不说，白总的朋友们，都很年轻漂亮。"一众人被夸到心坎上，立刻忘记吐槽，欣然接受了白树槿要离开这件事。

转角的街边，白树槿已经笑得喘不过气；平静完呼吸的仲要，鬓角全是汗珠，更衬得他唇红齿白，少年一般。

"你演技是不是也太浮夸了一点。"白树槿停下，认真看着他。

仲要竟没有回避，眼神甚至更专注了些，墨色眸子里，露出了一丝疼惜和关切，或者更多的东西。

白树槿体验了超过三秒钟的眩晕。人生中总有"一时无话"的瞬间，两人间悄然燃起的东西，大概只有两人明白。

她甚至看到，仲要略略翘起的上唇，正慢慢向她靠近。

而此时，周达雨正对着那句"干吗呢"踌躇，到底回还是不回？到底要不要告诉凌野自己在北京了？要追问他消失的原因吗？此刻的周达雨有无数问题要问，但又都无从问起。

是哦，我也不是他的谁。

"没干吗。"周达雨按出三个字。

把银行卡插进提款机取钱，"五千大概能撑两个月吧。"她作势想想，最后按了三百。提款机刷刷作响，像她此刻在拼命运转但其实空洞无物的脑袋，这个改变了她暂时命途的男人，到底为什么突然消失，又突然出现？

"今天是情人节，没有出去玩吗？"

男人们有一个本领，就是，明知有一件没解决的事，却总能对这件事视而不见，直接跳过，可也明明知道跳不过，只好故作轻松。在他们的词典里，竟然没有"欲盖弥彰"这四个字。

取了钱，呼吸着春夜的寒气，周达雨把手机塞进上衣兜里，像抱紧自己般用力，紧紧抱住了双臂。

她觉得很冷，需要吃口东西，不要方便面，最好是那种有大块牛肉的真牛肉面。

这个大都市里，没有人会被破格处理、特别善待。

牛肉面馆里没几个人，独自吃饭的人，大概只配得上一碗牛肉面的速度和时间。虽然很饿，但被凌野的微信打搅，周达雨显得心不在焉，"三十八一碗，是不是还是贵了点？虽说是台湾牛肉面。"

周达雨在心里和自己说话，拿出手机回妈妈的微信，实在懒得打字了："妈，我吃上饭了，并且……坚决不会逃回去的。"

语气尽可能轻拿轻放了，眼睛却被面的热气蒸了一下，唉，怎么有点想家呢？

达雨鼻子一酸，不过，还是控制住了。

她放下手机，用筷子夹起面条塞进嘴里，突然想到什么，发出了一声震惊四座的尖叫。

这尖叫戳开小面馆的窗子，盘旋上升，导弹般炸响在仲要和白树檀的耳畔。

当然，这是一种写法。

事实上，在此刻的白树槿这里，静默无声才是最可怕的。

我比他大，还是他的领导，他值得更好的人。即便仲要眼里的真诚让她微微颤抖，这些念头还是在短暂的三秒钟里破土而出，将她唤醒，让她向后跨了一大步。

白树槿正色道："救驾有功啊，仲要同学。"

像鸟群被什么打散，他眼里的光暗了下去。

每个人其实都是相当敏感的，人生对人的教化在于，你听到一句话，也听到了这句话背后的意思。

两人再次经历超过三秒钟的尴尬。

"我送你回去吧。"仲要有点手足无措，一只手插在裤兜里，故作潇洒。

白树槿慌乱地整理围巾，正好挡住了半张脸，不敢看他："还是挺冷……啊。"

"是哦。"迟疑了下，仲要这样说。

"哎呀，谢谢你的花。"白树槿接过那把树一般的山梅。

下一幕，白树槿和仲要，默默走在北京的春夜里，没有再说话，走了很久。

白树槿想起了很多。有多久了，没有和人在晚上走这么久？风吹来的时候，似乎可以闻到山梅的香气。

谢谢你陪我啊。但这句话，她始终没有讲出口。

到楼下时，白树槿回头看他，他露齿笑了，还是很明朗的，或者，掺杂着些许苦涩？

白树槿想伸手环抱住他，让自己在他肩膀上稍微靠一下，但最终她说："早点回去吧，今天谢谢你了。"

"应该的。"仲要声音很低，但很清晰。他伸手轻轻拍她的肩，又似乎觉得过于唐突，有点冒犯。

然后他说："快上楼吧。"

这一瞬间，白树槿觉得他是个年长于自己的男人，至少不是现实中的小七岁。想起那次跟他抽烟时闲聊："汶川地震时你在哪里啊？"

他看着天空，想了想说："高二啊。"

白树槿就噗嗤一声笑了，说："我在一个媒体公司实习呢。"

什么叫距离，这大概就是距离吧。

白树槿点头，转身进了楼里，心里像被塞了一块湿乎乎的浸透了的毛巾般地忧伤，满满的。

这个人变得像他的名字一样，重要了。

白树槿想。

尖叫声过后，周达雨翻遍自己所有的兜、钱包里的每一个角落。

关于她的重大灾难发生了——她的银行卡，落在取款机里了。

把面放在对面桌上一个戴眼镜的男人前边，她说："帮我看一下啊。"

对方被吓到了，抬头看她，一脸疑惑。

"不许偷吃。"周达雨指着他正色道，"我去去就来！"

撞开面馆的门，周达雨，你真是一个糊涂蛋，她骂了自己一句。

在路上飞奔的时候，糊涂蛋周达雨算了下时间：从提款机到面馆，走路大概十分钟，等面差不多五分钟，发呆一分钟，十六分钟。原途折返，跑回去大概五分钟。二十一分钟，她希望自己的卡仍在提款机里等着她。

二十一分钟，足以发生很多事。一个地方，可以路过很多人。

果然，提款机静默呆立，没有任何提示，当然，也没有她的卡。

恭喜你，周达雨，你韩剧一般的命运，终于开启了。

从提款机处走出来，周达雨欲哭无泪，此刻，她只有兜里的三百元和刚才三十八元的那碗面。

对哦，她还有碗面，包含大块牛肉的牛肉面。

山穷水尽但有碗面的时候，日子就不会太惨。

以她欠缺的自理能力，报警或者挂失什么的，也要吃饱了再说。周达雨步伐沉重，像是每走一步，就要从兜里掉出一块钱。

两千步之后，周达雨钱财散尽，只恨自己刚才取的不是三百，而是五百，是一千，是全部，总之，不该把卡落在提款机里。

不然不会落到人生只剩一碗面的境地。

当然，如果面馆不是挂上了"休息中"的招牌，她人生还是剩着一碗面的。

周达雨绝望地抓头发，必须抓头发才配得上韩剧女主惨淡的前半生。

白树槿刚回到家，微信就响了。

是仲要傻笑的表情，前边有两个字，"晚安"。

晚安多种多样，晚安后我们还会干很多事，想很多事。按灭手机，白树槿没有回复，屋子里没开灯，暖气准时停了，格外地冷。

白树槿突然想和陈年更进一步，或是往后退一步，但绝不是现在，不是此时此刻的状态。

她蜷缩在客厅的沙发上，觉得冷，随手抓来一条毯子，盖住自己，像把所有身外之事都挡住了。

"明天，我们见一面吧，我想和你谈谈。"

这是为数不多的，白树槿主动发给陈年的消息，死水般的日子里，连问候情话都不必说。她自认蹚过了人生河流的湍急之处，并不准备再次拔足涉险，和陈年这样的关系，无关现实，也无关未来，每一次都只是增加一次罢了。

她以为这样就可以了，心如止水，不泛涟漪。但现在发现，不能。

　　微信迟迟没有回音，可这就是他。

　　此刻他在干什么呢？写作，还是和另外的人在一起？

　　白树槿皱起眉头，心中燃烧着一团愤怒。

　　"谈什么？"微信回了过来。白树槿隔着屏幕都能感受到他的苦恼，他大概是皱着眉回复的这一条。

　　"谈谈你我。"白树槿回，每个字打下去都带着愤怒。

　　"你我有什么可谈的？不是挺好吗？"他的两个问号，像两个无声的耳光，让白树槿突然泄了气。

　　挺好的？白天不见面，不约会，不一起吃饭，几乎没有更多的交流，隔段时间，就彼此完成生命里最幽暗最不可思议的交换？

　　"明天七点，就在 NA 餐厅吧，必须见，没得商量。"白树槿要发疯了，此刻，她想冲到对方面前，将他打翻在地，再对着他的眼睛说，我们这样真的挺好吗？真的挺好吗？

　　而仲要，没有得到她的任何回复，也不知道这一夜，他睡得好不好。

7

人生的词典里，"绝处逢生"这四个字，显得很妙。

但所谓绝处，难度各有不同，对人打击最大的，竟然还是一温一饱。

周达雨又冷又饿，在面馆的打烊牌子前绝望地抓头发，也觉得自己有点没出息，她的人所托非人，她的面怎么也能所托非人呢？

"嘿。"一个男人的声音让周达雨停下动作，保持着微弱的自尊心，将抓的姿势改为调整，对，她只是调整一下发型。望过去，一个戴眼镜的男孩站在面馆一侧，看起来和自己同龄。或许是羞涩，他并没有看她，接着，他似乎做了一些准备，深吸一口气指着面馆说："关了。"

"我看得见。"周达雨像发现了什么，指着他说，"刚才是不是把面拜托给你了！"

"是……"男孩用手摸着后脑勺，似乎有些紧张，"对不起……没守住，人……家下班了。"

"受人之托忠人之事啊，孩子。"周达雨说，"行了，你欠我一碗面，记住了哦。"转身向前，前边有个7-11，应该有……方便面吧。

"我真是吃方便面的命！"周达雨冲着男孩说，其实是自言自语。

如同身负重伤冲进急诊室，随着门口铃响，周达雨大力推开了7-11的门。

此刻，即将完成自己交班的最后一步、正在把笼屉里的包子撤出来的店员，回头看到眼神如劫匪般贪婪的周达雨，吓了一跳。

"我要那三个包子。"她说。

"对不起啊，卖不了，刚锁了收款机，现在等着接班，无法扫码。那个同事可能一会儿才来。"

"拜托你了，卖给我吧，我可以不走，等同事来了再结账。"

"那也不行啊，得先扫码才可以，有规定的。"店员恢复了常态，变得更加冰冷。

并不是故意为难，只是不想给自己添麻烦。

周达雨怎么会善罢甘休，在她酝酿词汇时，啪，一声巨响，像是有什么东西砸在了柜台上。同时，也砸在了周达雨的心上——难道，连便利店遇劫这种事，都能让自己碰到？

定睛一看，是一张百元纸币被拍在了柜台上，手的主人，正是刚才面馆的男孩。此刻，他正怒目看向店员，一字一顿地说："卖！必须卖！我陪她等着！"

周达雨的韩剧人生走向了大圆满，在她最需要的时候，她的长腿欧巴带着大包子来救她了。

他可不是长腿欧巴该有的样子，过于文弱了，像个大学生。头发垂下来，几乎遮住眼睛，看不到眉毛，再加上黑框眼镜，整个脸就只剩下鼻子和嘴巴。鼻梁倒是如凌野般挺直。

好吧，这个名字，请你不要再说了。周达雨此刻无暇看这挺直的鼻梁，也无暇与命运对话，她目光灼灼，一直盯着被逼无奈的店员慢吞吞地拿出来的包子。包子是无辜的，诱人的。

周达雨坐在店里吃包子和方便面的时候，狼狈得一塌糊涂，但她感谢上苍感谢便利店店员感谢旁边坐着的这个男孩此刻都默不作声，任由她狼吞虎咽。

胃被填饱时，大脑才开始慢慢运动，看清了这个男孩子。

"你叫什么名字？"

"我说了，你……不许笑。林雀多。"

"林子大了什么鸟都有的意思吗？哈哈哈哈哈……"

"说了不要笑……那……你呢？"

"周达雨。"

"……"

"我妈生我的时候啊……下了一周的大雨。"

"哦……"

"骗你的，是我妈特别喜欢张雨生。'天天想你，天天问自己'那个张雨生。"

交班的店员终于来了，林雀多前去结账，周达雨说："我来吧。"

雀多让她别动，笑了下："我来吧，我没有……守住你的面。"他回来后，坐下，用吸管喝着瓶装的可乐，显得呆呆的。

周达雨发现，可惜了林雀多这张脸，他说话有点儿结巴，而且，大概因为羞涩，基本上，回避她的眼睛和问话。

"你是做什么的？"

"很难……解释，普通人不大能理解。夜里干活儿，白天睡觉。"

"贼啊？"周达雨笑出声来。

"就很……难解释啊。"林雀多艰难地说。

周达雨站起身，说："谢谢你啊，林雀多，你算是我今天这个倒霉日子里的一道光啦。"

林雀多憨笑摆手，露出整齐的牙齿。

"你要……回家吗？"他问。

"我要去报案！"周达雨拿出手机，搜索附近派出所的地址。

"我……陪你吧，反正今……今晚没事。"林雀多避开她的眼睛，像跟地面说话。

"做贼的，不怕去派出所吗？"周达雨笑了下，觉得这样的安排也不错。

她侥幸地想，总是要有个结果的吧，不管好的还是坏的。

但最坏的结果当然是——没有结果。

警官详细记录了周达雨的情况。即便她的描述充满了剧情感，最后合并出来的字句，也无非是"一女不慎遗落银行卡在取款机内"，仅此而已。

"所以也不能调监控录像吗？"

"除非涉及的金额非常巨大。你不就四千七吗？"警官客观描述，没有任何鄙视的意思，但这个"不就"，还是伤了周达雨的心。

"那如果发现被人盗取了钱，会怎样？"情急之下，林雀多竟然没有结巴。

"严格意义上，这都不算盗取，是拾遗。"警官慢条斯理地说，看他俩一脸疑惑，便减慢速度，"就是，相当于在提款机里，捡到了你们的钱。"

走出派出所时，两个人都有点解脱了的感觉。大概每个报案过程，都是一次从自我梳理到接受现实的过程。

此刻，已经到了痛定思痛的阶段。

周达雨伸展下手臂，觉得，好吧，一块石头，不管落在地上还是落在脚上，总算落下来了。

只是没有想到，两次和陌生男人的相识，都和派出所有关系。

顺理成章地，周达雨认识了林雀多：和她同岁，做橱窗设计，在国外上的大学，回来后就一直在北京昼伏夜出。他磕磕巴巴地讲了自己的情况，像个来面试的人。周达雨没有让他送她回家，说自己走回去。

雀多说："我加你的微信吧，有事儿你就找我。"

"找你，帮着我吵架吗？"

雀多连忙摆手，说："这个帮，帮，帮不上。"

达雨笑了，转身往回走，路上想起凌野。到家门口时，收到了林雀多的新好友申请，她没有通过。

林雀多今天说的话大概有一个月的量，累得有点喘不过气。转过街口，找到自己的车，准备回家。汽车显得过于招摇了，他基本上停在工作区域之外，避免被同事看到，问这问那。

他在车里深深吐气，可这样想不免矫情——有个太有钱的家庭背景，让他觉得好累。好在父母都在国外，他在选择上更主动些，要像正常年轻人一样生活。他父亲送了他三个字：神经病。

父亲，就是他生命中的大哑铃。

得陇望蜀，拥有的并不觉得可贵，没有的又心心念念不断求索，年轻的人，总不认为自己可能正好在一个更正确更美好的世界里，这就是他们追求变化的原因。自以为是，予取予求，然后义无反顾地去往可能更糟糕的叫作长大的地方。

　　第二天，白树槿过得心神不宁，晚上的约定，对方说"好"。

　　"好"字来得简单，看不出情绪。

　　那谈什么好？分手吗，还是别的？她构想了最不可能的画面——陈年掏出一枚戒指说，行了，别折腾了，咱们结婚吧。

　　但这么想，白树槿都觉得羞耻。本不是靠一纸婚约就可以心平气和的人，怎么突然有了这样的念头？可之前不也抗拒穿高跟鞋吗？最后还是觉得球鞋实在过于平淡。所以说，人生哪有那么多的不得不，都是最后认了，自己选择并且愿意。

　　早上起床的时候，看见周达雨在刷自己的小白鞋，最后用纸巾包起来，防止变黄，白树槿不禁笑了下。周达雨翻白眼问："怎么了？"

　　审美随着年龄的增长会变的，白树槿心里想。现在挺害怕新的东西，觉得脏脏的更好看更耐用些，新东西要被珍视被在乎，人就被东西降服了。

　　"实在不行再买一双呗，又不贵。"白树槿说出来的话硬邦邦的，跟石膏像似的，阳光下的小白鞋裹着半干的餐巾纸，也像石膏像。

　　到鞋柜里拿鞋的时候，白树槿想起了刚来北京的自己：下午有个重要活动，喜欢的那双白鞋老不干，就拿着吹风机在阳光下吹啊吹，吹到吹风机都要爆炸了，最终还是穿着湿鞋子去的。

脚踩进湿鞋子的感觉，她毕生难忘。

再也不要那么过了。

她穿高跟鞋，她穿白球鞋。两个人，两种日子，两个看法。白树槿和周达雨，就这样矛盾地存在于同一栋楼、同一个坐标点上。

她把自己的红底高跟鞋拿出来，用力踩上，腰肢间迸发了一股子力量。不知道的还以为她在和谁赌气，但她明白，站直的一天和躺倒的一天，一点区别都没有。

还是站直了好，显得人精神，没有瑕疵，也就没那么容易散丧。

外边刮很大的风，北京的春天来得早，整个冬天要靠大风清扫出边界线。

白树槿全天都心慌意乱的，直到下班，大家四散而去，她还坐在办公室里发呆。离和陈年约的时间还有点早，以及，能拖一分钟，大概也不必立刻前往——她受够了那种等待，这一次，绝不能先到。

"要去取快递吗？"仲要发来微信。

白树槿犹豫了下，第一次拒绝了他，回："算了，有点忙。"

仲要没再回复，办公室外，她看到他站起身，默默出门去了。外边应该是刮着很大的风，不知道，在天台抽烟的仲要，到底在想些什么。

一个人其实不必知道另一个人在想什么，除非希望这个人在想自己。你想一个人在想什么的时候，往往是这样的原因。

白树槿有点后悔，拿上烟，走出办公室。准备上天台时，发现仲要在跌跌撞撞地下楼，左眼紧闭，眼下全是泪水。他用手捂住，尽力睁开右眼，好看的鼻尖耸起，一张棱角分明的脸皱成了大包子。

"哟，怎么了，被前任泼硫酸了？"白树槿开玩笑。

仲要"哎呀"一声，并不答话，显然无暇顾及她的玩笑，嘟囔了一句"风沙风沙"，就跌跌撞撞冲进一楼的洗手间。

"封杀谁啊，封杀我啊？"白树槿嘴角带笑跟了过去，像看一个暑假来公司上班的留守儿童，继而马上明白过来，仲要眼睛进沙子了。

一会儿，他走出洗手间，长吁一口气。额前是站起的湿淋淋的头发，左眼也充满了血丝——准是用水冲了半天。因为砂砾的重创，仲要整个面部显得非常不和谐。白树槿说："到我办公室来。"

仲要默默点头，跟着走进白树槿的办公室，四下打量。

突然说："白总，你那个土耳其之眼，挂多久了？"眼睛挤着，像个江湖术士。

白树槿在办公桌的药箱里翻找着，她记得上次在日本买过一瓶眼药水，一直没用，现在不知道还在不在，随口说："一年了吧。"

"那不能再挂了，这个土耳其之眼是要流动的，挂一段时间，好运释放完，会……"

一眼看见白树槿找到眼药水，真的是一眼，因为此刻只有右眼。

仲要全身紧张起来，慌忙躲避，警惕地问："你要干什么？"

白树槿停住手，笑："干什么？给你眼药水，你自己点上啊，算还你的救命之恩。"

仲要大惊失色，转身要逃出办公室："我从小就怕点眼药，十八个壮汉也无法给我点上，不可能不可能。"

白树槿笑得更开心了，觉得，了解就是见到彼此的弱点。没想到，一个看起来铁骨铮铮人高马大的家伙，竟会被小小的眼药水瓶吓得惊慌失措。

见他不伸手接，眼睛通红，还连连摆手拒绝，白树槿笑得更开心了。她伸手扣住仲要，把他按进沙发，喝令他闭上眼睛。仲要的慌乱显而易见，连呼"不可以不可以"，但最终还是放弃了挣扎。

仲要眼皮不停地颤抖着，像迎接酷刑一般。太可爱了，白树槿想。

能使用这样的词，她对自己深表遗憾。

第一次，哦，不，第二次，她和仲要离得这么近。

外边依旧狂风大作，办公室里没有其他人。仲要眼睛紧闭，只剩睫毛在瑟瑟发抖，他端正的鼻尖直冲向她，嘴巴里咕哝着"救命"。这时候的仲要，像是个小孩子。

"睁开眼睛。"白树槿命令。

她把眼药水拧开，左手控制住他的头，看到他眉骨之下，眼睛变成了两条美好的细缝儿。在他微微张开眼睛的瞬间，她克制住自己那一刻的晃神，果断将眼药水滴进他的眼睛。

他夸张地大叫一声，被白树槿用左手敲了下头。她声音低沉："忍着。"

若当护士，该是个好护士。

若是妈妈，该是个利索的妈妈。

一滴两滴三滴，左右眼各三下，仲要的鼻息清晰可闻，甚至，能听到他胸膛里鼓动的心跳声。

白树槿停了下来，近距离仔细看这个孩子一样的男人，看眼药水从他眼角滑落，滚入浓密的鬓角中。他像某种嗷嗷待哺的幼犬，惹人怜爱——一股奇怪的情绪正在包裹她。

突然，飞快地，仲要翘起的嘴唇在她的嘴上啄了一下。

白树槿腾地站起身，调整了下自己的呼吸，保持平静："喂，用力眨一眨眼睛。"

仲要顺从地将眼睛用力眨了几下后，认真看她。白树槿看他睁开眼睛，说："不难受了吧。"似乎为掩饰自己的鲁莽，他迟疑了下，坐正说："果然好多了。"

他不再像刚才那般。四目相对，恢复了正经帅气的脸竟然……又红了。白树槿早忘了脸红这个技能，之前她跟仲要说过。

长大嘛，就是一个忘掉脸红的过程。

仲要含混地说："对不起……刚才……"

白树槿制止了他，生硬地转移话题："刚才你说土耳其之眼是怎么回事？"

"哦……就是不能长时间挂着，要换人送，不然会招来厄运的。"仲要正色道。然后，似乎为显得严谨，又补充："当然，只是一种说法啦。"

"那送你吧。"

"不不不，我最近可不能有这个，我最近正有个开心的运降临，不能打破。"仲要笑了。

"什么运？"白树槿疑惑地看了他一眼，把墙上的土耳其之眼取下来，放在手里。

"不能讲。"仲要又脸红了，赶紧转移话题，"白总，你怎么还不走？"

"哦，我一会儿有个事儿要谈。"

"NA 餐厅，七点半。"

"你怎么知道？"白树槿看向他。

他指了指她桌上的白板纸，上边被她胡写乱画，描了个大大的时间地点。

"喂。"白树槿拿起眼药水，"我看你眼力这么好，根本不需要什么眼药水。"作势又要走向他。

仲要举手投降，逃出门去："白总再见啦。"

"喂，把你的眼药水拿走啊！"外边传来声音，"我看到它就发抖，绝不会自己点的！"

白树槿笑了，想，如果人和人之间可以一直这么明朗，多好啊。但这一吻，到底是怎么回事？

轻轻摸着自己的唇，白树槿觉得找到和陈年谈话的重点了。

8

　　说是顺其自然或者随遇而安，但其实，每个人，最终都走向了自己想要的方向。

　　晚上七点半，周达雨去大声拳馆上班；同一时间，白树槿去了 NA 餐厅。

　　此刻，除了所谓共同的"家"，两人并无交集，更谈不上关心对方。但命运的怪手，有时会让两个临近的齿轮紧紧咬合。

　　白树槿面若白纸，临出发前，她在公司的洗手间狠狠给自己画了一个大红唇，似她这般清秀的脸，加上这个红唇，显得非常肃穆，对，肃穆。此刻，她坐在 NA 餐厅里，单手拿着一杯红酒晃啊晃。

　　心都被晃"散黄儿"了，蛋清蛋白混在一起，成糊涂蛋了。

她控制自己的脚步，还是来早了。

谁说的，来早的那个，应该更在意这段关系一些。

是作家陈年说的，他鞭辟入里，写文章甚是达观，达观都给了文章，人就没有了。

都市男女们从不缺少情调。在忙碌的日子里抬起头来，白树槿才发现，原来那么多人，过着和自己截然不同的生活。

业绩有点差，自己带的这个组，已经在末位榜上待够三周，连带了实习生仲要，今天例会被陆总骂得体无完肤。大概为了给她面子，话全说给仲要听。仲要低头认罪，本来梳得一丝不乱的头发，那一刻垂下来一缕，显得有些垂头丧气。

陆总说："有些组，既无业绩，又无士气，感受不到努力。这样下去，整个公司都会垮掉的！千里之堤毁于蚁穴啊，大家。"

老板们常常言过其实，但似乎又说得对，因此理直气壮，蚂蚁们绝无还嘴的余地。

排名第一的B组主管范一萌，被小白她们称为范金鸡的，正事不关己地将护手霜涂了一遍又一遍。她气势一嚣张，脸就显得更圆润一些，眼睛斜乜着白树槿，像看一个差等生。

散会时，陆总说："小白你留下。"

然后语重心长："你去年可是冠军啊，今年怎么了？"

白树槿无心应对，只想着晚上的谈话，只好说："运气太差了。"

对哦，仲要也说了，自己办公室的土耳其之眼挂太久了，好运吸收完，该散发厄运了。

她这么想着甚至微微点头，陆总说："努力吧，不然……不然，你和仲要这个小组，直接并到范一萌那里去，化零为整，分久必合。"

她耳畔响起了雷声，跟陆总说："那您给我一个月时间吧，还不行，我辞职。"

她快三十岁了，这一刻，非常希望自己是个雷厉风行的女子。虽然在别人看来她已经是了——她抽烟，喝酒，穿高跟鞋，擅长面若寒霜。但内心的柔弱，大概只有她自己知道。

此刻，她正鼓足勇气，准备跟陈年来场大决战。

情侣间常说我们谈谈，越弱势的越想谈，占主动的那方则选择闭嘴不说。被动应战嘛，能谈出什么结果，大概心里都有个答案。

陈年迟到了。他迟到，是正常的，说明，他依然不足够重视这次谈话。这让白树槿愤怒，但愤怒过后，她想，只是对自己愤怒罢了，于是喝了一大口杯中酒。

白树槿酝酿着愤怒的暴风雨时，周达雨正在大声拳馆里大汗淋漓地擦地板，男人们粗枝大叶照料的拳馆被这个一身蛮力的女孩子开荒后，换了个样。

以至于那个叫祁红的女子一踏进拳馆，就发出了连声惊叹。

"老何，今儿怎么了？你这拳馆要结婚啊？"她的笑声比人先到，待人到时，第二个笑声又扶摇直上。没有间奏，肺活量相当充沛。

她看起来三十多岁，或者更大一些，但似乎把时间什么的抛在了脑后，皮肤有一种竭力保持平整细腻的固执状态，脖颈下锁骨毕现，穿吊带的运动衫、运动裤，全身凹凸有致，没一丝赘肉。

祁红冲着周达雨微微点头，算是打了招呼，又和老何低声寒暄几句，笑声一直没有断过。

祁红是一家杂志社的主编，算得上媒体界的名人了，可行业江河日下，里边的名人便显得酸楚，这时再努力折腾有点动静的事儿，就有苦撑门面的嫌疑。祁红的杂志社每天装作大风过境却岿然不动的样子，但心里已经知道更惨烈的日子将接踵而来。当天，客户又撤了两个年单，她去跟人面谈，却被对方以出差为由避而不见。为什么是"出差为由"呢？因为她气急败坏走出客户的写字楼准备买杯咖啡时，看见对方正在楼下咖啡厅跟一家新媒体公司的老板相谈甚欢。

祁红逃出门，好像撒谎的人是她。

继而回来，大摇大摆地走到客户面前说，哎呀，这么巧。

客户脸上青一块红一块的，神色相当难看。祁红说了"再见"，但心里这口气还是顺不过来。

被追着投广告的日子，早就过去了。

助理辞职，祁红问：你去哪个公司啊？对方说，太累了，需要调整下状态。

祁红笑而不语。这种理由，听得太多了，过不了几天，一定状态调整完，到别的公司上岗了。

看破不说破，才是成年人的规则吧。

祁红来拳馆打拳，打算发泄下心里那口恶气。

周达雨的认真打动了她，她默默观察这个女孩子，看她尽力把毛巾在水桶上绞干，再细细地，按照地板的纹路认真擦拭。甚至，为了增加这个枯燥工作的乐趣，她还在地板上画了只猫，再一点点擦掉。

"你新招的啊？"祁红问老何。

老何说："不让来，硬来。"

"看起来很能吃苦。"

"希望不是三分钟热度。"老何对九〇后的坚持一直保有怀疑。

而祁红的狠辣，也让周达雨啧啧称叹。一个看上去弱不禁风的女子，上了拳台后，变得孔武有力，出拳的速度和力道，让手持护具的老何抵挡起来都有些困难。祁红闷喝着，汗水淋漓而下，迅速打湿了她的头发。她不管不顾，像处理仇敌般，不见丝毫犹豫，也不给自己喘息的空间。

　　周达雨在来拳馆之前，心血来潮给自己做了饭。

　　差点把房子烧了。

　　只是个西红柿炒鸡蛋而已。

　　周达雨见证了自己的笨拙后发现，妈妈说的两点没错，一是做饭需要天赋，二是做饭的过程让人变饱。

　　后来，白树槿告诉她，每个人都曾试图在北京安家后做一顿饭，大部分不那么成功，但为了安慰自己，只好黑着脸吃下去，自此变成彻头彻尾的外食族。因为若不是有乐趣，料理锅碗瓢盆洗洗涮涮，就太消耗耐心了。

　　周达雨显然不是一个有耐心的人，所以，鸡蛋里带着细碎的蛋壳，西红柿切得极其难看，米饭略显硬。周达雨鼓励自己：嗯，我就喜欢这种一粒一粒的感觉。

　　这是中间休息的时候，她坐在拳馆的咖啡座上，对自己说的话。

　　祁红在邻座喝矿泉水，看她把带来的西红柿鸡蛋用微波炉煨热，散发出一种还算合理的香气。

　　然后祁红说："真香啊！"

　　"真的吗？"这种赞美，连周达雨都无法确认。

　　祁红说："我大概有五年没吃过米饭了，尤其是这种，一粒一粒的。"

周达雨拿了一把勺子给祁红，她的人生之路，因为这把勺子，拐向了另外一个方向。

而此时，白树槿正在和陈年对峙，两个人都不说话。尴尬像玻璃般平整，横亘在两人面前，可谁也不愿意率先打碎它。

白树槿喝完杯中酒，倒第二杯；陈年默不作声，吞咽着眼前的小羊排。白树槿定睛看灯光下的他，觉得陌生，和夜里的那个他不同，和那个耕耘在她胸前的人不同。

此刻，他的太阳穴伴随咀嚼，有节奏地跳动着，腮帮因为用力，暴出了两个棱角，显得整个人有点凶狠。

她喜欢他，但也到头了。

她终于说话了，像狙击手瞄准半天，终于开了第一枪："我们这样下去，不是办法。"

陈年没有看她，把叉子放回盘子中，发出一声刺耳的声音。

然后，他拿起洁白的餐布擦拭自己的嘴巴，胡子从嘴角向两侧倾泻，上下嘴唇一般厚。他冲她笑了一下——怎么形容这个笑呢？像一个老师，对爱提问的女学生见怪不怪。

嘴角向右上倾斜，带着一丝戏谑。

大概意思，应该是，怎么这样的关系，还要谈分手呢？不乐意就不见呗。

但为了安抚白树槿，他还是尽力使用人间的语言，俗套地说："小白，我很享受我们现在的状态……"

"我不享受。"白树槿鼓足勇气，像用力敲断什么，心脏发出了一声脆响。为避免直视他的眼睛，她拿起餐刀，切在盘中的羊排上，那是五分熟，或者更浅的熟度，一刀下去，沁出血色。

"这样有什么不好吗？"陈年继续问。他放下餐布，白皙修长的手指敲打在桌面上，没有声响。

白树槿抬眼看他，这么熟悉的面孔，眉毛、鼻尖、嘴巴，却突然蒙上了一层水雾般，不可接近。

"这样也没什么好。我想谈个正常的恋爱了，光天化日之下的，不用隐名埋姓，我需要陪伴。"白树槿一口气说出这些话，心里像被掏空了一样。

他不作声——男人都擅长的技能，尤其是被追问的时候。他们把心折叠，小心收藏，避免多说一个字，露出马脚，或者被抓住漏洞。

白树槿说："知道我今天为什么约你吗？"

陈年当然不知道。

"我就想看看，我们这不见光的关系，会不会见光解除。"白树槿一字一句说完，心中涌起一股快意。

陈年没有追问，再不作声。

他似乎习惯了这些看起来逆来顺受的女人，等她们慢慢进入怀抱，慢慢欲求不满，慢慢暴怒，慢慢一刀两断。女人像停泊在他这里的船只，这个叫白树槿的，终于在今天，发出刺耳的马达声，离他而去。

他也只好……目送咯。

要不要擦个眼泪什么的?

他说："我以为你跟别的女人不一样。"

"我也对自己很失望，我也以为我和其他女人不一样，但我发现，最后没什么不同。"白树槿的手滑过杯子边际——玻璃可以圆润美好，也可以锋利如刀，看你怎么待它。

她喝完杯中酒，转身拿起大衣，觉得不必纠缠。

她貌似轻快地对陈年说："今天你买单吧，谢谢你，我们终于在外边吃了一顿饭。"

站起身，觉得自己轻松了很多，她说："陈年，你真的没有你的文字勇敢。"

她走出餐厅，陈年没有动。如果站起身拦她，在他那里，应该是难堪的事，而中年人最应该避免的，就是难堪。

白树槿走出餐厅的时候，觉得自己要流泪了，但最后，她竟然没有。眼泪被风舔得干干净净，无数和陈年的断章，此刻在脑中无声播放。结束一段关系，像从来没有过一样，她看着周围的行人，觉得自己必须快速地泯然于大多数，不需要被关心及过问。

白树槿买了一张电影票，一大筒爆米花，一个冰激凌，钻进了电影院。银幕上播放着一部烂俗的爱情片，具体讲的什么她也不想知道。坐在最后一排让她觉得安全，然后，她在电影院里，哭了起来。没有声音，泪就那样，顺势而下。

原来自始至终，她都是一个人。

一个人看电影，一个人吃饭，一个人面对问题，一个人默默吞咽下问题带来的麻烦和伤害。不值得歌颂，也不值得同情和哀悼。

这个城市里，太多一个人了。

如果没有祁红，这顿晚饭，周达雨也是一个人。

祁红是个不会冷场的女人，她一粒粒地吃着米饭，像要饱餐一顿。节制是她的人生信条，打完拳，付出了一定的运动量，就可以对应着吃些米。

米很好吃，尤其是这种一粒粒的。

"你刚来北京吧？"祁红问。

"对，没两周呢。"周达雨明朗地笑。

"嗯，这西红柿鸡蛋，确实，只是闻起来香。"祁红吃了一口菜，皱眉说。

"吃起来呢？"周达雨好奇地问。

"西红柿是西红柿，鸡蛋是鸡蛋。"祁红用手掩住嘴巴，"嗯，鸡蛋壳是鸡蛋壳。"

"我叫祁红，你呢？"

"周达雨，达到的达，下雨的雨。姐姐，你刚才太厉害了。"

装得太久后，有个人跟你真心说话，没有目的，没有来由——此刻的祁红，面对周达雨，意外地放松。

　　电影院场灯亮起来的时候，坐在最后一排的白树槿缓缓起身，恢复了高傲。也不知眼睛是不是有点肿，右侧，一个男人的长腿拦在她前边，她没有抬头，说：“不好意思，借过一下。”

　　男人的腿不仅没让，反而伸得更长，拦住了她的去路。

　　白树槿抬目怒视，瞬间呆住了。

9

　　白树槿抬头看去，对方也正在认真看她，迎着她的目光，露出一脸坏笑。是仲要。

　　"喂。"

　　"白总也一个人看电影啊。"

　　"你不也是？"

　　"我看到了你，所以也买票进来了。"

　　"跟踪我？"

　　"不敢不敢，绝对是命运的邂逅。"

　　"油嘴滑舌，那现在腿可以拿开了吗？"

　　白树槿想起自己的肿眼泡，赶紧低头，勒令仲要拿开腿。

　　"还不走，等着看下一场啊？"白树槿故作冷静，掩饰自己的尴尬。

"我都习惯最后一个走。"仲要说。

"干吗，等着捡别人丢的手机吗？"白树槿没有看他，低头下台阶。

"没准儿还有金戒指呢。"仲要故意探头到左手的位子上，作势查找。白树槿"噗"地笑了出来。

出了影院，空气冷冽，仲要跟在白树槿身边，突然说："不是喜剧片吗？怎么哭了？"

白树槿立刻反驳："没哭啊。"

"好的，没哭。"仲要点头，认真地看她，接着说，"我是觉得呢，有时候，人总要做些自己不情愿的决定吧，但做了也就做了，挺好的。"

白树槿的心像被重锤击打，又不能立刻表示承认，说："干吗没来由地说这样的话？"

"我想，每个人都很难了解其他人，但我就觉得我了解你，不知为什么。"

"谢谢啊。"白树槿冷静了一下，说，"但别假装了解我。"她恢复了冰冷，转身欲走，又好像想起了什么。

"对了，谢谢你上次帮我修车。"她从随身的大包里翻找出一个长方形的盒子，递给仲要，"早点回去吧。"

她只身走了，留下仲要站在那里。

仲要打开盒子，里边静静躺着一支魔杖，正是他最近想要的那支，来自《神奇动物在哪里》的部长款。

白树槿低头疾步走开，想起下午仲要的轻轻一吻，觉得不甚真实。好吧，让我们暂时不要太近。

看着白树槿的背影，仲要咧嘴笑了一下。

周达雨走出拳馆的时候，已经十点半了。和祁红道别，也顺带拿到老何给的工资，三百块，够她吃几天饭了。

周达雨拎着空荡荡的饭盒，觉得脚步发飘，头也有点疼。她转动脖子，试图让自己头脑清醒，突然停住，响亮地打了一个巨大的喷嚏。

她的微信新加了一个人，对，就是刚才那个叫祁红的神奇的女人。

顺便，她看到自己"新的朋友"那栏，有个叫林雀多的家伙还被拦在外边。她想起了凌野，觉得，这样的所谓朋友，不加也罢。

林雀多，那个小结巴的脸浮现在她面前，笑容真诚，头发遮住了前额。他有好看的眼睛，鼻子挺直秀气，一副大男孩的样子，只是说话过于费力，有时带动整个五官都变了样儿，显得笨拙。

周达雨给妈妈发了微信，为避免让她担心，省略掉了银行卡的事儿。

然后手机响了一下，是一则转账五千的微信。

妈妈依旧很酷：今天学会了微信转账，你在北京，省着用，最好别用。

抱着手机，周达雨有些感动。她抬头看天空，没有星星，也没有云。终于来这里了，一个人，是不是真的如自己所愿呢？感动之余，又响亮地打了一个喷嚏。

是谁在想我啊？

并没有，应该是要感冒了。

周达雨惊呼"完蛋了"，自己是感冒必发烧体质，一会儿一定要去药店备点药了。

这时，路旁的一个纸盒子里传来异样的声响，像是里边封住了什么。里面的东西也正在奋力挠开盒子，什么东西？

周达雨吓了一跳，停下脚步，打亮手机观察：一个毛茸茸的脑袋从箱子里探出来，伸着可爱的红舌头。

竟然是条泰迪犬。

打开箱子，里边有狗的食盆和水盆，还有一袋狗粮和一条皮质牵引绳，再细细看，竟然还有一张信纸。

"谢谢你的收留，我的名字叫皮草。"

准是哪个不负责任的主人，心血来潮养了它，又觉得无法忍受，才把它遗弃在路边的。周达雨一边想，一边蹲下来看它。

"皮草，你也太可怜了吧。"周达雨轻触它的头。狗似乎听懂了她的话，立刻站起来，前爪扒在箱子边缘，发出"嗯嗯"的低吟，像是急切地等着周达雨抱它。

"喂喂，我自己都养不活，可能不是收留你的人。"周达雨叨叨着，用手抚摸它的脑袋。它瞬间安静了，头顶住周达雨的手来回蹭，又歪过脑袋，伸出粉红的小舌头，在周达雨的手背上轻轻舔了起来。

周达雨整个人简直要融化掉了。

"不不不，不可以，我真的不行。"周达雨站起身就走，"对不起，我没法带走你。"想起家里的合租公约，周达雨双手合十，向小狗鞠了一躬。

白树槿回到家，觉得无比地累，就一个人坐在黑暗里。

自己在接近想要的生活吗？她环顾四周，除了房子，这里的一切，一草一木，都是自己辛辛苦苦搬进来的。想起刚住进来，看着阳光打进房子时露出的笑容，她有一种幻灭感。

为什么越长大越不知道要什么了？

抱紧肩头，寒意越来越盛。

门口有响动，是周达雨抱个箱子回来了。

本就鬼鬼祟祟的，一进门看到白树槿，吓了一跳。周达雨迅速挪动步子，把箱子放回房间。因为慌乱，膝盖磕在了门框上，她低声尖叫起来，狼狈地回头看白树槿一眼，关上了卧室的门。

这个新来的租客，怎么永远这么不着四六冒冒失失？

白树槿想起了什么，站起身，从包里拿出那个土耳其之眼，敲了敲周达雨的房门。

门被周达雨谨慎打开，露了一条缝，缝里的脸略显惊慌。

"怎么了，姐……姐？"

"鬼鬼祟祟的，干吗呢？给你这个，挂起来，据说能带来好运气。"白树槿说。

"什么啊？"周达雨盯着她手里拎着的土耳其之眼。

"好东西啊，来自土耳其呢。"

"谢谢姐。"周达雨挤出一丝笑容，伸手接过土耳其之眼，迅速关了房间门。里边又传来一声"哎哟"，像是什么东西从床上翻了下来。

"早点睡！"白树槿敲了敲她的屋门，怒喝一声，转身回了房间。

听见外边的脚步声走远，周达雨跪到地板上，看着床上的皮草发呆。这个可怜的小东西，后腿微微颤抖，正在好奇地四处张望。

周达雨拿起土耳其之眼逗皮草，皮草好奇地嗅嗅，转身走向床边，蹲了下来。等周达雨意识到它在尿尿的时候，已经晚了。她把土耳其之眼塞进裤兜，一把抱起皮草放在地上，皮草的尿断断续续的，从床头淋漓到了地面。

周达雨发出痛苦的一声："我的祖宗啊！"

几乎昏死在地板上。韩剧女主的命运，并没有改写。

临睡前，白树槿收到了仲要的微信，依旧是"晚安"，然后是那个傻笑龇牙的表情。

"谢谢你的魔杖。"他说。

白树槿不知道回什么，想起他面对眼药水瓶惊慌失措的样子，笑了。

她很久没有这样了，在某个闲暇的时候，停下来，认真想一个人。他在干什么呢？她知道，这是喜欢一个人的具体表现。

她不能骗自己。

白树槿拿起手机，回"也谢谢你"。

是啊，仲要，如果没有你，大概，我也不会断了和陈年的关系，那种扭曲的阴暗的藤蔓般纠缠的情感，就这样被我连根拔起了。

仲要的微信回过来，"今天，对不起"。

白树槿想起那一吻，打字，"早点休息"。

这一夜，她睡得很不好，总觉得屋外有响动。以及，周达雨虽然蹑手蹑脚的，但白树槿还是能听见她从房间到洗手间来回穿梭，难道这孩子在闹肚子吗？

希望她跌跌撞撞也好，懵懂无知也罢，人在异乡，不要生病。

白树槿想。

周达雨清洗完床单被罩，擦干净地板，给皮草弄好粮食和水，已经累得动弹不得，头昏昏沉沉的。等到自己收拾完躺在床上时，浑身酸疼。她想，应该是病了，不管了，先睡一觉再说吧。

　　白树槿做了一个梦，梦见仲要坐在床前，温柔地看她。突然，他俯身下来吻她，双唇温柔又有力，让她无法呼吸。她伸手揽住他的脖子，又觉得有些异样，怎么脖子长满了毛？

　　是的，她最害怕带毛的东西！

　　她努力睁开双眼，看到一条狗正定定地看着她，在这沉默的三秒钟，她和它仔细辨认彼此。白树槿发出穿透力极强的尖叫，皮草被吓得连翻两个跟斗，掉落在地上。

　　而白树槿则连滚带爬，跑出了自己的卧室。

　　皮草翻身站起，摇着尾巴向她逼近。

　　拿起客厅的笤帚做保护，白树槿撞开了周达雨的卧室门："喂，这东西是不是你带进来的？"

　　床上的周达雨发出支吾之声，并没有醒来，这让白树槿更加生气了。她一边用笤帚驱赶随时凑上来互动的皮草，一边冲到周达雨的床前。

　　"别装死啊。"白树槿的声音忽远忽近，在周达雨头皮上来回跳，但抓又抓不住。周达雨在发高烧，白树槿把手按在她额头上的时候，她几乎要喊一声妈妈了。事实上，她也喊了一声，她喃喃地说："妈，我没事儿。"

白树槿回过神来，意识到周达雨真的病了，高烧。

周达雨意识模糊，浑身酸疼无力。她没办法说话，喉咙肿得咽口水都疼。

白树槿颤颤巍巍地靠近皮草，鼓足勇气给它挂上了链子，然后把它拉到客厅沙发边，拴好。回来倒了水，她扶达雨坐起来，命令道："先把水喝了。"

"喝完。"白树槿严肃地说。

"嗓子疼。"周达雨声音沙哑，已经说不出话。

"别废话，喝。"白树槿丝毫没有商量的余地，认真地说，"现在穿上衣服，我带你去医院。"

周达雨委屈地看她："我最害怕去医院了。"

白树槿怒目相向："我最害怕陪人去医院了。别死，等我去化个妆。"

等待白树槿化妆的时间里，周达雨觉得自己要死了。

坐在白树槿慢腾腾赶往医院的破车上，周达雨觉得自己要死第二轮了。

"完蛋了完蛋了，要死了要死了。"周达雨喃喃自语，"姐，你治病救人还要化妆，你真行。"

"当然了，这是对世界的尊重好不好？而且只是普通的感冒发烧，离死远着呢。"白树槿非常冷酷地回答，然后像想起了什么，她说："对了。"

周达雨强睁开眼睛，问："怎么了？"

"你离我远一点，我可不想被你传染。"

"……"

周达雨几乎要跳车了，喂，这位冷漠的二房东，是你非要带我去医院的好吗？放我在家里睡觉不是很好吗？

"一个人生病，一个人去医院，一个人折腾着挂号缴费和买药。"像是自言自语，白树槿说，"有一次，我就是这样，到了中途，我觉得我的病都好了。"

她停住，从后视镜里看周达雨："你还没体会过，在这个城市里，需要一个人干的事儿太多了。"

说完，她感慨几分，又觉得似乎说多了。何必呢，每个人都是边摔倒边爬起慢慢长大的，别人的故事，听听也就算了。

果然，她的故事还没来得及讲，周达雨已经在后座上昏睡过去。在被白树槿搀进急诊、测完体温、安排到输液室之前，周达雨一直保持着昏睡的状态。

大家都默不作声，也无暇顾及其他人。白树槿的电话嗡嗡作响，她喊了一声"陆总"，准备转身出去接。

周达雨伸手求救："姐，你别走，我最害怕打吊瓶扎针了……"白树槿做了个手势，让她闭嘴，然后边接电话边给她一句："忍着！"

白树槿对着电话说："陆总，我这边有点急事儿，稍后才能过去，对不起，那个客户……"

护士进来的时候，周达雨有点想哭。

举目无亲啊。

护士说，就是输个液，多大点儿事儿啊，胳膊别动。

"你轻点啊。"周达雨把脸侧向一边，感觉到酒精接触皮肤的一瞬间，大叫起来。

"我这还没扎呢。"护士戴着口罩，眉毛皱起，瞪大眼睛看她，"你能放松点吗？"然后用手"啪啪"地在她右臂上轻拍。

"呜呜。"周达雨发出痛苦的叫声。

"对……啊，你放松点。"怎么是个听过的声音？她循声望去，一个男孩子正冲她傻笑，一只手举着自己的吊瓶。

"林雀……"周达雨在脑中搜索他的名字，"多"字还没出口，护士瞅准空当，一针扎了下去。周达雨的"多"和"啊"一起飞出输液部的大门，逗得林雀多哈哈大笑。

白树槿回来的时候，周达雨已经止住叫声，正和林雀多聊天。

结巴林雀多先生和周达雨一样，昨夜突然发起了高烧。周达雨觉得两个人是有四字成语的缘分的，第一次相遇叫"绝处逢生"，这次相遇，应该叫"同病相怜"。

"哟，认识啊。"白树槿拿着一瓶矿泉水进来，递给周达雨，命令般地说，"多喝水。"

"正好，病房遇故知，你俩互相照顾吧，我公司有急事，得赶紧走。"

"姐，谢谢你。"

"别谢我，狗的事儿，等你回家再跟你算账。"白树槿看看脚下的球鞋，说，"完蛋了，今儿还得见重要客户。"

虽然被陆总骂了，走出医院大门的时候，白树槿心中竟有难得的轻快。想起自己曾一个人发着高烧来挂急诊的日子，她有种帮助了当年自己的快乐。

白树槿关上车门的一刹那，简直要对自己说出"我真是好人"这样的话，而好人快乐不过三秒，破车刺啦乱响，就是启动不了。站在医院门口打车的时候，白树槿跺脚暗骂，周达雨啊，你就应该挂着土耳其之眼出门，把我的霉运全吸走吧。

白树槿走后，周达雨跟林雀多发起了一个"谁先说话谁是狗"的游戏，原因是，跟林雀多一聊天，她自己都要结巴起来了。

直到……她……喝了太多的水。

"雀多……"她低声喊他。

"干吗？"雀多侧转过来看她，两个人的沙发床离得有点近。

"我想去……厕所。"

"那你……求我。"

136

"算了，不去了。"周达雨翻了他一个大白眼。

"好的。"林雀多立刻回应，继续闭目养神。

五分钟后，周达雨伸手拽林雀多的衣角："求你了。"

"没……没听见。"

"快点。"

"加我微信。"

"接受。"

呃。

尴尬的下一幕，林雀多举着瓶子，站在女厕的挡板外，尽可能把手伸高。挡板内的周达雨大声说："林雀多，你唱歌吧。"

"神……经病，唱什么啊。"

"不管唱什么，反正不许听。"

林雀多，在友好医院的女厕内，挡板外，手持自己和周达雨的输液瓶，大声唱了一首《简单爱》。

"恕我直言……"轻松了很多的周达雨走出厕所。

"什么？"雀多回过头问。

"你唱歌太难听了。"

人在病的时候格外脆弱，周达雨，今天微信里加了一个叫雀多的新朋友。

10

一个城市有多大的能量呢？

能吸纳那么多人，来到这里，喜爱这里，痛恨这里，离不开这里。

一个人有多大的能力呢？

能让另一个人因此改变自己，厌弃自己，似乎重新找到自己，像之前失散多年。

可到底，是城市和其他人在改变我们，还是那个一直要让自己改变节奏的自己，在改变我们？

周达雨是自得其乐的。病好第二日，似乎小白给她的土耳其之眼在发挥作用，她找到了"我在北京"的节奏。她终于可以像刚来时看到的那些人一样，将耳机塞进耳孔，不再左顾右盼。匆匆上班、匆匆回家、匆匆洗漱，然后匆匆窝在自己的小房间里。

匆匆有何意义？她不知道。

只是匆匆让她觉得，这个城市的节奏是有别于老家的，是值得的。

这是妈妈和好朋友思思都无法理解的——北京生活。

和她自己想的也完全不一样，但在某个时间里，她会突然意识到，我在北京了。需要重复几次，像得到一个本不属于自己的好东西，一再确认。

她和小飞成了好朋友，小飞妈妈把拳馆当托儿所，十点才过来接他，脚步也是匆匆的。

小飞爸爸呢？周达雨有这个疑问，但没问。这个城市里，忙碌的人太多了，忙碌又奇怪的人也多。

第一次，周达雨和雀多去了宜家。

里边似乎遍布着无数梦想即刻开始的她和他，好像买了新被子、杯子、床单，就可以立刻投身这里，开始新的生活一样。

坐在宜家吃肉丸饭，雀多看着她狼吞虎咽，自己却丝毫没有食欲。

"你怎么不吃啊？"周达雨问。

"没有食欲，你……吃你的。"雀多看着她。永远生命力十足的周达雨，体现在生活中，就是饭量十足。

"你说，我们算好朋友吗？"雀多问。

"算啊。"周达雨回答，又思考一下，认真点点头，从雀多的盘子里又走了一个肉丸，"好朋友就是，我可以从你的盘子里取东西吃。不过，我也奇怪。"

"奇怪……什么？"

"就是……我怎么能……跟你成为朋友，你说北京这么多人。"周达雨看着餐厅里的人群，发自内心地说。

祁红也这么惊叹。看到雀多开着跑车接周达雨的时候，祁红说："可以啊，周达雨。"

"怎么了？很贵吗，车？"

"相当贵。"祁红合上自己的嘴巴，说。

周达雨对名牌没有任何概念，大概也觉得和自己的生活毫无关联。

有天陪雀多，看他做一个品牌的橱窗，就对着里边的包包发呆。"这个很贵吗？"

"限量……版，大概三万多一只。"

"多少钱？"周达雨叫。

"三万……多点儿吧。"

"文物啊？凭什么？"周达雨拿着包端详。

雀多忙自己的，没有回答。两小时后，他从橱窗出来，坐在路边陪他的周达雨正在打盹儿。猛然醒来，再看他的橱窗作品，捶了他一拳："行啊你，很漂亮啊。"

雀多话很少，大部分时候都默默的。默默的他，成为了周达雨生活中特别敏感的一个存在。

朋友你好。

周达雨想起这个，给了对面端坐着不吃饭的雀多肩膀一拳，说："谢谢你啊，这么不嫌贫爱富。"

林雀多憨笑，真是个干净的男孩子。周达雨想了一下，但又迅速摇头否定了。她现在，还是不要什么感情为好。

晚上，在自己的小床上，周达雨跪拜白树槿送给自己的土耳其之眼，大呼："感谢好运啊！"

然后倒在床上，一夜无梦。

隔壁，白树槿回了仲要一个笑脸，按熄了手机屏。

人生就是起起落落落落落落落，她不知道，自己现在面对的是第几个落字。

之前一直没有讲过她做什么工作，不是什么金融，但在北京，也算是投资理财最重要的产品——房产。

她所在的公司，负责销售北京三四环间价格、位置都令人咋舌的盘子——十八号。

绿化面积百分之七十五，平层公寓五百平米，样板间宽阔到不带上四五个人一起看房就显得门和走廊等一切都过大。若你到顶层的千平豪宅再看看，就会有人生的幻灭感，得多少人才能充满这个家而不显得空旷？

但买楼的大明星、小富翁，在城内寻找第二居所的人们，似乎没这样的疑问。北京这么挤的地方，空旷多珍贵啊。

一天走下来，脚踝酸疼，瑜伽老师说："唉，你脚踝比别人的粗，是因为你发力点跟别人不同，你要多穿球鞋。"

小白看着她说："行，我周末都穿。"

但那个时候的她，哪有周末啊。

开盘多少年，白树槿就在这里待了多少年。她基本上不愿向别人坦陈自己的工作，觉得莫名羞耻：一个文艺青年，二十六岁就弃文从商，进入房地产这个圈子。之前在出版社当编辑，所以才认识陈年，后来觉得太穷了……文艺青年的日子是怎么终结的？

就是穷。

而且又累又穷，得受作者和公司的夹板气。若是赶上作家路演，连书店也一块儿伺候了。

她由爱生恨，由恨而辞职，走的时候连一本书都没拿。现在公司的陆总，之前也算是半个文化人，一眼就看中了迷茫期的白树槿。

"你还看书吗？"

"看，《百年孤独》看起。"

"别的呢？"

"《百年孤独》多难看完啊，看了这么多年，还看呢。"

白树槿合上了《百年孤独》——书成了她的装饰品。再也不读书的日子，觉得日子过得实际了很多。

你骨子里有股劲儿，你得重视，小白。陆总说。

什么劲儿？当年的编辑小白顶着清汤挂面头，满脸疑惑。

狼性，日子要过好的狼性啊。陆总意味深长。

当年，穷怕了的白树槿变为一匹狼，成了"十八号"的销售冠军，拿到了人生中的第一个五十万。她搬出自己住的筒子楼，走的时候连条毛巾都没带。白树槿要换个活法了。

找了个收废品的，说：全收走。

接着搬到了这间两居室里。若不是后来楼市垮塌，收入变差，肯定没有小妍入住的机会，更别提周达雨了。

她和周达雨的关系，倒是因为这次发烧送医有了缓和。

但狗坚决不能养，合租公约立刻被白树槿加上了一条"严禁养宠物"。

马克笔，黑体，不容置疑，没得商量。

你人都养不活了，还养狗？

皮草，最终被林雀多收留了。

周达雨不舍，跟雀多哀求说："别把它养成一只结巴。"

雀多说："好……好好，好的。"

白树槿送瘟神一般，戴着大口罩，给家里做了彻底的大清洁和消毒。见周达雨回来，立刻拿出喷雾，在她身上喷了又喷。

周达雨说："姐，你至于吗？"

白树槿答非所问，她说："能接纳你的狗，看来这男孩喜欢你。"

周达雨立刻结巴了："怎么可能呢？人家是富二代。"

"富二代好啊，富二代没有人生艰难，更容易知道什么叫真喜欢。"白树槿斩钉截铁地说。

她想起陈年，心里一沉，之前以为作家更知道什么叫真喜欢。

她和陈年没有再联系。这个人，在那次告别之后消失了。这大概就是中年人吧——你对我有要求，我达不到，但可以默不作声。转身撤了，比北京春天的风还来得猛烈和快速。

白树槿什么时候放弃了追求进步这件事？具体时间已不可考，她只是突然有一天，觉得，辛苦工作有什么意义呢？

于是，那天她选择翘了半天班，在外边走来走去，看人们匆匆忙忙。结果发现闲散也有意义。她吃了一个特大冰激凌，喝了咖啡，又到 SPA 馆睡个午觉，做了全身按摩，然后回家，煮了个意面吃，时间刚好七点半。

七点半，是自己平时下班的时间啊。

自那之后，她觉得奋斗的意义不大，而爱上生活的表现是，存款再无增长，基本上赚赚买买，积蓄守恒了。

她没有对未来的危机感，她确信，日子是被用来做"当天"

使用的，更愿意参与到自己热火朝天的生活当中去。

她之前痛恨的庸常人生，其实散发着烟火气，而烟火气一旦被发现，就不可抑制——吃个赛百味就回家的冰冷日子，她过够了。

她也没有选择不上班，上班是早上必须起来的理由，像保持均衡有力健康的心跳。但让她倾尽所有去工作，她没有兴趣。

这当然让陆总很失望，他觉得，一个虎虎生风的女人，怎么突然如宝剑入鞘，没了光芒？

白树槿也觉得，自己组的业绩下滑和她的放松不无关系。快三十了，还能怎么努力呢？她这样想。

B组的范一萌，那个被她们叫作范金鸡的，可不这么想。一直做着千年老二的她，今年在白树槿的倦怠下，突然找到了奋勇杀敌的状态。

陆总电话里说："这么重要的客户，你竟然迟到，我只好叫范总跟我去了。"

范金鸡可是伺机而动的猎鹰啊。

陆总开会说："狼性的丧失，是销售队伍的悲哀，你们可别把自己的队伍变成老母鸡带小鸡啊。"

范金鸡露出母狼的眼光，说："呵呵，我们组可全是狼。"

然后她说："陆总，我这边真的缺人手，您看，是不是有些人可以调剂一下？"

陆总调剂了仲要给她。

于是，白树槿成了光杆司令。

仲要做了个自杀切腹的手势，跟着范金鸡灰溜溜地开会去了。

两个人的联系，因为仲要的突然忙碌，也灰溜溜地断了。

虽然白树槿不曾有过更多期待，但现在的空白，也让她有些失落。尤其是，看到仲要跟在范金鸡后边低着脑袋的样子。

看他低着头，就觉得他被欺负了过得并不开心；看他有点神气地跟范金鸡笑着说话，又觉得，这男人真是混蛋啊，适应能力怎么这么强？

她告诉自己，只是嫉妒了，跟仲要本人没有关系。

但仲要的尴尬是看得出来的。如何在公司两股势力面前保持平衡，显然不是他这个新入职员工可以完美处理的。

虽然白树槿已毫无势力可言。

于是，取消了和白树槿的"拿快递"时间——他们很难再在工作时间会面。

偶尔发来的微信，都是"好好吃饭啊"之类的寻常话。

寻常话？白树槿这样想的时候，也给了自己一个问号。难道自己对他还有别的期待吗？明明是自己拒绝了啊。

白树槿恢复了真正的一个人生活，一个人上班、一个人下班、一个人吃饭，真正意义上的一个人。之前，即便只是个陈年，心里也不是一个人的，目前来看，彻底地，一个人了。

一时间，人生空白了一样，新旧交替，像现在的天气：春天快速来了，又将快速过去。

看起来，是到重新奋斗的时候了？

须臾间到了五月，天气要热了。三里屯路旁的树枝翻出新绿，几场风过后，北京的夏天要来了。

随着夏天来的"好事"，是祁红的助理又跑了。

祁红在拳馆打拳发泄，跟老何痛陈九0后的不是，怎么就那么猖狂啊？那么爱自己，那么爱休假？

还有，怎么就那么强调自我？我们刚工作的时候哪里有自我，都是给个什么就干，哪儿敢挑三拣四的！

祁红一拳下去后，祭出自己的右腿，狠狠踢在沙袋上。她穿着拳王短裤，露出了好看的腿部线条。

然后她看到一旁正在和小飞练习的周达雨。

停下来，说："唉，周达雨，你当我助理吧？"

老何说："你这是当面挖人啊。"

"不然呢，我还背地挖人吗？"祁红毫不在意，指着周达雨说，"她在这儿有什么不可替代性？找个阿姨就行了。周达雨，明天开始，你到我那儿上班去。"

周达雨看看老何，再看看祁红，说："我可以吗？"

老何的"不可以"和祁红的"可以"叠在了一起。

"我可没什么梦想和特长。"周达雨跟祁红坦白。

"就是上个班而已，谁管你的梦想。"祁红又狠狠一拳，戳在了老何面前的沙袋上，"这个事儿，就这么定了。"

周达雨小声说："这事儿，不是得听听我的意见吗？"

"我的意见是，周末还来我这里上班。"老何见事情无法反转，只好这样说。

晚上，周达雨和雀多去给白树槿挑礼物。

大品牌集合的 SK 商厦里，永远不缺澎湃的购物欲和人民币的味道，它们和奢侈品、名牌化妆品、香水合成了一种奇怪的香气，让人不敢大口呼吸，让不常来这里的小女孩就此迷失方向。

大概只有那些穿着舒适休闲衣服，头发高高盘起，面部被用心调理过、闪着亮光的中年女人，才可以在这里慵懒地打着哈欠，散发出一种"花钱好烦啊"的倦怠。

在礼品柜台，周达雨买好了自己选的礼物。

同样的东西，这里的好像显得更璀璨一些。雀多对此不置可否，没有表达明确的态度。

到了晚上，周达雨回到家，把礼品盒放在门厅的柜子上（那里常常存放着小白的车钥匙），然后一字一句地写上："虽然不知道怎么说，但还是感谢你。"

再多说就酸了。上次生病之后，她俩没打过照面，周达雨本想当面致谢的，又觉得不好意思。似乎，白树槿也不给她当面推心置腹的机会，这个女人，让周达雨自觉笨拙，不敢多说。

次日，收到了白树槿的留言条，也真的不留情面："不客气，礼物真是……幼稚。"

礼物是个水晶球，里边有雪山，有树木，有林间小屋。一倒置，雪就簌簌地落下来。

"我找到新的工作了，希望不辜负你对我的期望。"周达雨留言。

"没有希望，何谈辜负？"次日，白树槿回复。

一来二往的，这似乎成了两个人的交流方式。

一天，白树槿留了一条裙子给周达雨，她说："买小了。"

周达雨穿上后，觉得很开心，回了一张字条："谢谢买小。"

"真是买小了。"白树槿确定。

她爱平静的生活，她爱往热闹里钻。

她喜欢沉下来的色彩，她身上抖动着最鲜艳的东西。

她爱扔东西，房间内除了必需品几乎空无一物。她爱积攒，新鲜的有趣的好玩的，堆在那里，样样都有用，样样都毫无用处。

她和她上班方向相反，走路的姿势也不同。

她关注自我，她左顾右盼。

她们没有任何相同的东西，却不得不共用同一个地址。

这两个女人，完全不同。

外卖到了两次，没人知道谁点的先到。

"又吃这个啊，太没营养了。喂，你的饭到了。"白树槿把外卖递给周达雨。

"垃圾食品，有益身心。"周达雨接过来，"可乐你喝吗？"

白树槿正色："我戒了五年了。"

"就来一口吧。"

夏天到来之前，冰凉的可乐一口入胃，刺激的苏打在食道管壁上绽出朵朵小型烟花。白树槿觉得，嗯，好像这味道也不错。

不知道算不算友情，在彼此都开始忙碌的日子里，在暑热难耐之前，两个人似乎慢慢接近了一些。

夏

我们可以亲吻，但我们有多久没认真拥抱过了？

11

夏天让北京变得热烈，经过两场雨，树木立刻繁茂起来。绿色的加入让城市的生命力被瞬间释放。

周达雨穿上了人生中的第一双高跟鞋。头发长长了些，耳际飘荡着夏日的风，让她的脖子有些痒。她试着昂起头，和白树槿一样，深吸一口气，直接走进夏天，不许外人看到她的怯懦。

她跟着祁红，去那些看起来冰冷高耸的大楼，那些带着凛然不可侵犯距离感的四季恒温的大厦，那些被咖啡浓香覆盖掉剑拔弩张气息的会议室，那些每日飘散不同香氛的酒店大堂，那些有洁白餐布和鲜花装点的晚宴现场……

在这些地方，每个人都保持着带有迷惑性的亲切和陌生：何时开口说话，何时转身离开，何时笑出声音，何时要盖住嘴巴默默把彼此的手捏紧，眉眼怎么互动，肢体如何表达亲密……大概每个动作，都值得用十个课时做详细讲解。

祁红是这个世界里的捕食者，一扎进去，立刻马力全开，鲨鱼般觅食捕猎。她将声音做细，切换到"虚假的真诚"模式——以足量真诚打底，从环境的杯壁上，倒入鲜奶般的适量的虚假。不动声色，没有异样。

和别人的"真诚的虚假"不同，祁红有发自内心的诚意、代入感、贴近感，一副"我们是自己人"的情真意切。一个段落下来，她转身离开，脖颈雪白，不见任何杂乱碎发。她轻声问周达雨："这他妈是谁啊？"

周达雨喜欢听祁红骂脏话，近似于看她打拳。

她的妆容、步伐、姿态、每句该说的话，全都毫无瑕疵，直至走出人群，像演员走出镜头可以捕捉到的区域，在车里瘫坐成一团。扯掉耳环，扔掉高跟鞋，揉着发红发胀的脚踝，祁红说："妈的，累死老子了。"

周达雨在一旁看她涌入车河，准备进入下一个战场。上场前，冲她挤了挤眼睛，说："这个必须拿下。"

祁红为何从一个内容管理者变成大销售，亲自上阵赚钱？当然跟她所在的那本杂志有关。她在车里跟周达雨抱怨："都去投新媒体了，老杂志就活该饿死吗？纵观这么多年，那些艺术那些品牌那些高级货，是靠手机传播出来的？还不都在纸上？"

周达雨点头，又隐约觉得不对，手机出现也没多少年嘛。

此时正好是夏日的午后，太阳开始发挥作用，祁红她们堵在车流汹涌的三环，像朝圣者被突如其来的冷风冻结在河面上，动弹不得。

"讨好新人类、九０后、九五后，九五后能有什么钱？研究他们的消费观有个屁用！"祁红继续，"文艺青年是什么？豆瓣青年又是什么？穿匡威喝可乐的家伙，字里行间都透着三个字。"

周达雨想起早就不喝可乐的白树槿。

"穷讲究？"

"对，穷讲究。"祁红恶狠狠地吐出三个字，努力将车扳到另一个车道。后面的车发出猪嚎般的声音，但还是被她挤了进去。她松了一口气："又穷又讲究。"然后发出胜利的笑声。

"我一个女司机，你们就不知道让让我？！"她发出几声脆笑，红色宝马 X5 直接超过另外一辆。车显得宽大了，过于。

周达雨跟着笑，并不敷衍。想起自己的住处，倒真是符合祁红说的，又穷又讲究。

祁红把手机解锁后扔给她，说："邮件读给我听，根本没时间看。"

周达雨打开她的手机邮箱，照次序一封封读了出来。

"雷克萨斯邀请函。"

“不去，站台的事儿不做。”祁红斩钉截铁。

“护肤品上市……”

“过。”

“辞职报告，李……”

“这个知道了，回‘同意’。”祁红干脆得很。

“不可惜吗？”周达雨问。

李大卫算是祁红手下的金牌销售，几个年单都来自他。

“他，先休婚假，再休年假，例会不说话，下班很准时，这些信号都暴露出他真的要走了。谈也没有意义，圈子这么小，谁去哪儿第二天就知道了。”祁红下了决心般地说。

突然又看到了什么，她跟周达雨说：“哎，你帮我记下这个楼盘的电话，打过去问问什么情况。”

周达雨抬头，看见“十八号”的广告牌悬于大厦，赶紧记下了上边的电话。

“我也该买个房了。”祁红说。

“什么？祁总，您到现在还没有买房？”周达雨大吃一惊。祁红到了这个年纪，开着价值百万的车，为什么还会租房子住？

“买房还分年龄？租着也很好啊，想换就换。而且，为什么每个人都要把房子当成安身立命的本钱？你过得不好，住在自己的房子里也是不好啊，最怕的就是，倾尽所有，节衣缩食，买一房子，苦一辈子。”祁红像是对周达雨说，更像是对自己说，眼睛里露出一丝黯然。

黯然的还有周达雨，因为，最新的这封邮件，她不知该不该读，又如何读出口。像是刚才喝过的咖啡突然在口中蔓延开来，酸且苦涩。

此时，白树槿也在喝咖啡，只不过她很恼火，咖啡嘛，要么喝热的，要么喝冰的，不冷不热，味道就全毁了。毁了的咖啡入口会像一团烂棉花，酸又被激发出来，一点都不令人愉悦。

白树槿想起自己二十岁前喝可乐，穷，吃火锅从来不敢点第二杯；二十多岁，喝花式咖啡，里边必须带着甜味，摩卡啊，拿铁啊，奶味的甜或者巧克力的甜，总是要挂些甜的；现在快三十了，对甜有畏惧，倒不是因为不健康，是觉得口感不纯粹，于是喝纯美式。

可这杯美式，显然温度不对。

接到爸爸电话的时候，白树槿觉得自己坐在太古里的咖啡厅，为一杯咖啡的温度烦恼，是真矫情。

她妈妈，抑郁症了。

一个笑起来嘎嘎作响的妈，竟然抑郁了，这让白树槿觉得不可思议。

为什么呢?

没有为什么，就是突然地，觉得，活到头了，不想活了。日子没意思，半夜睡不着。曾经在广场上跳舞的老太太，突然间就不跳了，天天在家待着，拉着窗帘关着灯，不说话。没话说，觉得跟她爸更没话说。去医院看了，拿了药，每天吃，吃了才能睡一会儿。

她爸的声音酸楚，说："有一段时间了，不然我也不会跟你说。我最近都不敢出门，特别怕她想不开。"

"那你让我妈接电话。"白树槿说。

"女儿找你。"她爸拿着电话，像是从沙发走到床前。

"喂。"是妈妈的声音，弱弱的，没有活力，更没有期待。

"妈你怎么了？"白树槿问。

"我没事儿，就是觉得没意思。"

"那你要来北京跟我住吗？"

"不要，你上班要紧，别管我。"

"你自己要注意啊，不要胡思乱想。"

"好。"妈妈把电话给回父亲，又默默躺到了床上。

"妈……"白树槿像要在电话里拉住她一般，但没拉住。

咖啡凉之前，白树槿订了张火车票。

第二个电话，来自陆总，他眼看着白树槿由狼变成狗，现在又有点长出獠牙的意思，正要给她推几个重要客户——小白得雄起啊。

小白没有雄起，说："我请假，我得回家三天。"

"怎么了？这个客户很重要啊，你得……"陆总还在自己的逻辑里，白树槿就把电话挂了。

挂了才说，我妈病了。

说完这句，在咖啡店呆坐了一会儿。

觉得自己什么都没有，真的什么都没有。

万事艰难的中年，真的就这么来了吗？她面目冷静地想，像有重锤击在胸口，妈妈病了，妈妈病了。

白树槿算是个幸福的孩子吧。爷爷奶奶这一辈都很长寿，等她念大学时，才相继离开，这让她在成长期，有一个接近完整的大家庭。但她人在北京，有时父母会选择不让见最后一面，那时白树槿年纪还小，抗拒生离死别，就默默算了，没有回去。偶尔做梦梦见他们，泪流满面，醒来后在黑夜里想：唉，奶奶还在不在啊？

要想好一阵子。

看到同事的爸妈去世，同学的父母患癌什么的，她就在他们身畔待会儿，拍拍他们，无话可说——这些终究离自己挺远的。直到今天，此刻，一杯烂棉花般的咖啡带来一个坏消息，妈妈病了。

白树槿已经三天没和仲要联系了，甚至在公司，他都因为出外勤，没机会和她见面。独自去天台抽烟的时候，她会想起他的笑容，想起烟从他口中笔直吐出。他不说话，看着她，眼里有笑意。

这一刻，白树槿也有一种幻觉，半夜里醒过来，想起他：

我真的，和他有这么亲近吗？

那一吻，到底存在过吗？

关系，就这样，慢慢淡开了。这是这个城市常有的事，和突然的接近一样，默默远离，或许是一种很成年很都市的结束方法。

大多数关系，其实是不用说明的。

白树槿给仲要发了一个微信，说：我请假三天。

仲要没有回，大概是很忙吧。

白树槿坐当天的动车回了青岛老家，到家时，仲要的微信来了，说：好的。

人和人之间很奇妙的，远点近点，你都感受得到，且都基本准确。

"好的"是一个奇怪的答复，礼貌周正，不带感情。如果没有下一句，"好的"就和句号差不多了。

到家，爸爸做了菜，妈妈从关着灯的屋子里出来，气色看起来好了些，甚至还带着笑意。

白树槿伸开双臂抱住她，怎么就瘦了，变成了小小的一团？下巴搁在妈妈肩头，硌得白树槿有点疼，主要是心疼。她大力地开玩笑："我的亲妈啊，你怎么了，咋还抑郁了呢？"

妈说："没事儿啦，吃了药就好了，这点小事儿，你爸非要告诉你。多耽误工作啊。"

工作哪他妈有那么重要，白树槿恶狠狠地想，觉得自己一事无成。她拍拍妈妈的肩，坐下来，一家三口默默吃饭，说些闲话，有时也笑，但都不是真开心。

晚上睡在自己房间，白树槿产生了一种幻觉，像是回到了小时候，还没有上大学没有离开家的日子。房子被定格了一般，窗帘都没有换，夏夜还没那么热。这时，门被轻轻叩动了一下，白树槿缩在被子里，没有动。

是爸爸。

端着一杯水，放在她的床头柜上，按灭了台灯。

深深叹了一口气，转身出门。屋外的灯还是亮的，勾勒出爸爸的背影，略显罗锅，腰也弯了。这个不善言辞的男人，跟中国绝大多数父亲差不多，对长大的女儿，除了默默的关心，什么都说不出。

"爸。"白树槿轻声唤他，坐起来。

"还没睡啊。"爸爸声音温和，转过身来。

"妈吃药你得盯紧了，可别掉以轻心。"她说，心里有点难过。

"嗯，我基本上不出门，就守着她。她天天睡不着，又怕打扰我，就假装睡着，我都知道。"爸爸肩膀僵直着，一定是不知所措，又必须掩盖，像憋了一口气，不让旁人觉察。

"反正，坚持吃药，争取让她多晒太阳，多运动，多陪她说话。"

"好，你赶紧睡吧，明天我们去海边转转。"爸爸轻声答应，尽力神态如常。

白树槿的心像沉入了深深的海底。这个原来说一不二现在听话的爸爸，已经在现实面前彻底交了权——该是最软弱的时候吧。

白树槿想起来抱抱他，最终没有动。

爸爸转身出门，又像想起来什么，艰难地开口说："你啊，自己的事儿，也要琢磨下了，你妈跟我念叨好多次了……"

"好……"白树槿当然知道他在说什么。

"我从来都不催你的，但你妈现在的状况……"爸爸更加艰难地说，像是为难了她因此不好意思一般。

"我知道了，爸。你快休息吧。"白树槿在黑暗里，强行终止了这段对话，再往下谈，大概更加艰难吧。

"你怎么请假了？有什么事儿吗？病了吗……"仲要的微信，在她睡下之后才来。但白树槿已经睡着了，做了一个梦：大概自己五岁的时候，在海边，那时爸妈都还很年轻，像自己现在这么年轻。

那个时候，他们已经有了五岁的我，而马上三十岁的我，有什么呢？

白树槿在梦里苦笑，日子，越往后应该会越难了吧。

这是不是……几乎毫无悬念啊。

"读啊。"祁红催周达雨。

"……"周达雨没有开口。

"怎么了？"祁红抽空看她，笑了下，"周大小姐，也不知道是你助理我还是我助理你，你说有你这样的吗？我天天开车拉着我的助理……"看她脸色不好，祁红开玩笑。

确实哦，自己什么都不会，却阴差阳错地，进了一个著名杂志社。

"怎么了你？"祁红腾出手来，揉周达雨的头。

周达雨被这个举动打动了——她真是温柔啊。这手像妈妈的，让她突然觉得在这个城市里有了一个依靠，一个可以尽情说话、犯傻、做错事的依靠。

车堵着不动，祁红抢过手机，说："怎么不读了呢？"

她这种可以把手机扔给对方毫无秘密的人，看到这封新邮件，好看的眉头也皱了一下，四个字：

"离婚协议。"

但也不足为惧。

日后，周达雨知道，不是不足为惧，是，无可奈何。

You will know that I am gone

12

　　车里有一段长长的沉默。周达雨没开口说话，咖啡的苦味再次浮现在咽喉，让她不知所措。

　　直到祁红幽幽吐气，说："你觉得我应该特难过吗？"

　　达雨不知道怎么回答。

　　车流没有停歇，道路突然像被冲开了一般。这就是北京的妙处，不知道为什么堵，也不知道为什么不堵。祁红提升了速度，注视前方，说："其实有点儿，但不是难过，是踏实。我一直等着鞋子落地的声音，终于等到了。东西掉了，人都会去捡，拿起来看看、吹吹。其实，有些东西，掉了就是掉了。"

　　祁红抽空看了眼周达雨，又笑了。

　　"这段感情，我拿到毕业证了。"不知她是不是故作轻松。

　　"如果你谈恋爱啊，姑娘，一定要用力，因为后边，越算越清楚，越来越知道自己是谁。"祁红跟周达雨说，"唉，刚才记的销售电话呢？打一下，问问，楼是什么情况。"

销售极其热情，声音又保持着克制，这是高价楼盘必须有的。细心留下周达雨的电话和邮箱后，又说："详细信息，我们通过短信和邮件发送给您。"

周达雨被称为"您"和"周女士"，心思却完全没在房子上。她想着刚才祁红说的话，决定给凌野发个微信，让自己的第二只鞋子落地。

"我来北京工作了。"

没有斟酌，也没有犹豫，似乎这一刻的周达雨变得勇敢了一些。

可惜，鞋子还没落地，她就接到了另外一个微信。

林雀多说："对不起，刚才……皮草骨折了。"

周达雨陪祁红见完最后一个客户，急匆匆地赶往雀多家。他家楼下的宠物店里，皮草已经被打过止疼针，不再乱叫，此时正受气包一般，委屈地蜷缩在雀多怀里，右后腿缠着绷带，不能打弯。

"我，我要出门的时候它跑过来，非要我抱它，然，然后就跳，跳下去，就开始狂，狂叫，一拍，拍片子，就骨折了。"像养母遇到亲妈，雀多忙不迭地解释皮草负伤的原因。

周达雨双手接过皮草，认真查看，它的小眼睛像刚哭过，分外湿润，此刻被揽在怀里，更委屈极了，头紧紧钻在周达雨的臂弯里，发出嘤嘤的叫声。周达雨的心像被攥了几下，柔软起来。

"拐了？以后咱买轮椅好不好？"用鼻子顶住皮草，周达雨跟它开玩笑。

"不用……医……医生说了，不会变成残疾狗的。"雀多认真解释。

带着皮草，一起回雀多家，夕阳照下来，两个人都没说话。达雨怀里的皮草像是睡着了，在梦中缓缓蹬着前爪，想要钻到更深处。

"你……不会怪，怪我吧。"跟在周达雨身后，雀多暗自观察她的脸色，额前的头发被风拂起，再砸回眼睛，看上去像个做错了事的孩子。

"雀多，你在北京待下去的原因是什么？"周达雨答非所问，停下来，站在桥上，正好看到西山，还有红色的正在渲染出大片晚霞的太阳。

"这里……很像我想……想象的生活，一，一个人，也可以的生活。"雀多停下来，循着周达雨的目光，把前额的头发拢起，露出光洁的额头，"那，那你呢？"雀多蹦出自己的问题。

"有个人告诉我，人生不能总是一个节奏，我想，北京应该不一样的，就来了。现在我又有点迷茫了，不知道未来是什么，也不知道自己想要怎样的未来。"

雀多看着周达雨——太阳正好照在她脸上，让这张无辜的充满少女感的脸，映出一种别样的光泽。雀多有一刻的迷离，想跟她说什么，动了动嘴巴，最终没有说话。

雀多的家真大，周达雨不由得感叹。原来，匆匆地，自己看过的每扇窗，亮起灯，或者暗着的，内部都不尽相同。雀多的家，像个后现代的展览馆，不是金碧辉煌，而是充满着原生野气。灰色的墙壁和地板，让整个家冰冷节制，皮草算是这里最具活力和温度的东西了。当然，除此之外，还有一个正在厨房里尖叫着煮方便面的林雀多。

抱着皮草坐在沙发上，这个房子，让她对林雀多有了一种陌生感，以至于要将眼前的这个他打散，重新排列。

吃饭的时候，她看着他说："原来你真的是个富二代啊。"

他也偶尔调皮下，说："怎，怎么了，我不像吗？"

周达雨实话实说："一定是你的结巴，让我误会了你。"

"难道，不是，不是我的朴实吗？"雀多认真看她，眼睛里杂糅着一些东西。周达雨赶紧忽略了，怎么可能呢？这样一个白纸般整齐的男孩，怎么会喜欢上我？拜狗所赐，一定是。

而那只狗，此刻，正尽力挣脱夹板和绷带的束缚，并试着站起来，把脸靠近餐桌。

"喂，你妈该心，心疼了。"雀多制止了它，站起来安抚。

周达雨正看着他宽大但瘦削的肩膀，突然听到一句五雷轰顶般的话，林雀多，这一句竟然不结巴了，他说："来，到爸爸这里来。"

周达雨脸一红，赶紧扒口面放进嘴里。这个男的，能把面煮得这么难吃，富二代的身份，大概可以确定无疑了。

晚上，回到家的时候，周达雨收到了凌野的微信，他说：你在哪里？

周达雨回：在家里，北三环这边。

凌野：太好了，你怎么突然来了？

周达雨浅笑了下，想起他当时发过来的那句"那好啊"。回：来了三个月了。发完这句，突然有种时过境迁的累。

凌野没有回微信，像网络突然被阻断，或者通风良好的房间，突然被关上了窗子。

周达雨想起了祁红的话，觉得这个希望，似乎给自己留得太久了些。按住凌野的名字，轻点，出现删除的红色按钮；再按，"删除联系人"五个字是红色的，好的，再见吧，凌野。

误会自己太久了。望着窗外的车流，周达雨觉得，自己终于，站定了一些。

推开窗子，她心情大好，伸个懒腰，探出脑袋，大喊一声："北京，你好啊！"

隔壁阳台上，仍在苦练琴的青年抬起头，看着她，口型是：

"好个屁。"

她冲他不好意思地笑笑，赶紧把头收回窗子，拉上窗帘，觉得自己闯了祸一般。

是啊。这城市那么多人，谁苦不堪言？谁又乐在其中？

微信再亮起的时候，是雀多发来的皮草的小视频，它正拖着自己绑了绷带的腿，在房间里拽一只玩具鸭子疯狂嬉闹。

雀多说："可以叫它皮坚强了。"

周达雨："简直太随我了。"

雀多："今天在桥上你说的话，我都听进去了，我想问一个问题。"

周达雨："什么？"

雀多："你的未来里，可不可以有个我？"

愣了有那么一瞬间，然后，她跑到土耳其之眼跟前，跪拜磕头。

周达雨心狂跳，这个小结巴，怎么可以流畅地说出这样的话？她站起身——白树槿今天不在家，整个房子安静极了——她想，如果白树槿在的话，或许还可以问问她。

白树槿陪妈妈在家待了两天，第三天上午，坐动车回到北京。这个城市有离奇的能力，让人将故乡抛诸脑后，像忘了前情般投入新序列的剧情中。早上的海风还在耳边，她陪妈妈散步，说些宽慰人心的话，妈妈默不作声，远远看着海。

现在，她站在办公室的天台上抽烟，妆重新化过，选择上班，就是选择忘记自己是谁，只是一个要战斗的女销售。

"你回来啦！"有个兴奋的声音从身后传来。

她知道是仲要，心里有一种怅然，但还是回头冲他笑了笑。

"怎么了？听说你回老家了？"他关切地问，点上了烟。三天不见，他似乎长大了些，头发向后梳起，纹丝不乱，蓝色衬衫下的身材格外挺拔，袖口向上随意挽起，箍出好看的前臂线条，一副干练的上班族模样。

换了领导，大概找到了新的工作动力吧。

白树槿为自己感到羞耻，即便此时，她还是看到了他好看的一面。她洞察到了他们之间的距离，却又暂时无法摆脱某种认同。她是喜欢这个男孩的，不过她比他大太多了，不可以忽略不计。

见她不说话，仲要把脸凑近了些，说："没事儿吧？"

映入眼帘的粗眉毛、单眼皮，显得无辜，又充满关切。

"没事儿，解决了。"白树槿早就学会了不跟任何人吐露自己的负能量，一是打扰别人，二是别人未必关心。

而且，这个距离，太近了，让她觉得，大概仲要忘记了，这是工作场合。

她正色说："到了那边，还适应吧？"

"报告领导，非常不适应，请求调回！"仲要挺身站直，向她敬礼表达，尽可能像战士般回复，也尽可能压低声音。

"说真的，我想回来跟你。"他强调，"而且，我想请你吃饭，因为我拿到第一笔佣金了。"

"那你应该请你们范总啊。"白树槿说。

"但我用的是你教我的方法，跟她没关系。"仲要忙解释，然后说，"还有就是，我……"

"仲要，我就知道你在这里。"一个声音飘过来，带着油腻味儿，是范金鸡，准没错。

"佣金拿到了？什么时候请我吃饭啊？"范金鸡抱住手臂，反客为主。

"马上啊……"仲要尴尬赔笑，偷看了白树槿一眼。

"你们聊。"白树槿踩灭烟，转身下楼去了。

微信里多了仲要的一条消息，欲哭的表情。

"该！"白树槿回。

但刚才，仲要没说完的半句话，到底是什么呢？

白树槿没时间疑惑了，她回到办公室，立刻开始工作。妈妈的状况让她焦虑，如果日子没有尽头，那钱多点总是好的。她需要重新找回那根弦，以保证她可以暂时忘掉自己。

吃着三明治回到家的时候，已经过了十点钟，她恍然觉得自己已变成刚开始工作的那个白树槿。唯一不同的是，此时的她，运气更差些。楼市正经历着最最低谷的时刻，大家都在持币观望，虽然这对她现在负责的楼盘不存在什么巨大影响，但楼市的消沉确实会让更多的潜在买家思考，同样的钱，为什么我要此刻下手？

回答这种问题是需要一些技巧的，白树槿这样的老销售，绝不会顺着客户的问题见招拆招。暂时绕开，直接攻击对方的核心利益点并不断强调才是关键。新手常跟顾客对阵，老手总是不说话的，观察完毕才直捣对方要害。这也是她跟仲要分享最多的销售方法，只可惜这些天，对方的要害都不怎么要害。

小区门口，匆匆从雀多车上下来的周达雨和白树槿撞了个正着。白树槿看看她，看看雀多的车，伸手给周达雨点了个赞。

回家路上，两人一时无话。

"正式谈恋爱了？"白树槿打破沉默。

"不不不，只是朋友。"周达雨忙不迭地否认，"刚去他那儿看了看狗，皮草，骨折了。"

白树槿根本不理狗的事儿："家暴啊？"

"家什么暴啊，无意摔的，一股子寸劲儿。"周达雨笑了一下，"你最近很累吗，小白姐？"

白树槿昂首挺胸，说："是啊。"

"做金融好玩吗？"周达雨纯属好奇，也为了减少关于自己和雀多的问题。

白树槿这才想起，一直没机会告诉她自己真实的工作，不过也懒得解释了。

周达雨最终没有回林雀多那条微信，次日，她决定另起一行，给对方说了一个"早"。

自己有什么呢？没胸没脑的。

这个问题，她也没有问白树槿。一个人爱另外一个人，需要理由吗？日后，白树槿会告诉她：

如果一个人爱另一个人需要条件，那这个人，本身就是条件的一部分，并且是最重要的一部分。

两个女人，走了同一个方向，进了同一栋楼，她们那么不同，可是都在北京——这个理由还不够充分吗？

雀多看着周达雨的背影，觉得，怎么刚刚说了无数的话，还是有很多话想说呢？他就是这样，永远词不达意，何况，还是个结巴。

他父亲，开始策划让他回加拿大的事儿了，说，在北京，要么继承家里的生意，要么做点别的生意，不能再做橱窗设计了。一个著名大学毕业的学生，在北京摆商店的橱窗，像什么样子？二十七了，该干点正事了。

二十七，雀多想想自己三十岁时可能的样子，对着后视镜看了看：他要认真谈个恋爱了。

13

丁香开过两轮，夏天算正式来临。祁红的离婚手续办完
的那个周末，就叫周达雨去她家喝酒。周达雨说，我谁都不认
识，多尴尬啊。

祁红说，你认识我就行，都是老熟人了。

女明星来了三个，另一个大概是经纪人身份：不让陌生
人尴尬似乎是她们的能力，或者，陌生人见多后，也就没陌生
这回事了。

其中两个女明星周达雨都认识，简直是看着她们的电视
剧长大的，但她憋住了这句话。跟祁红一起工作的两个月，她
学会了不能随便夸人，夸不到点子上，不如不夸。

短头发那个，算是星运最好的，年少成名，后来沉迷文
学，追求艺术创作，就有了点赋闲在家的意思。她穿小白裙，

也不多话，看周达雨看她，就冲她挤挤眼睛。出道那么多年，仍是完美的少女系，清汤挂面，不沾尘埃，似乎被时间锁住了，笑起来格外清甜。

年长一点的，进门就闹着说口渴，拿起香槟就喝。她皮肤紧致细密，全然素颜，眉毛很淡，不画就难觅踪迹似的，看不出年纪。她扮演的角色多泼辣，生活里也更冲一些，看到周达雨就跟祁红说："新招的？条件不错啊，脸儿这么小。"喝了一口酒，转头跟周达雨说："怎么着，签我们公司吧？你这小脸儿，这么非主流，这个时代准行。"

周达雨觉得自己是挺非主流的，但不知怎么应对。祁红笑着骂长发女疯了："怎么资本一涌入，你一女明星也变得跟经纪人似的？"

"当经纪人多好啊，不用真演，又腰赚钱。"

她经纪人就不高兴了，白她一眼："你得了，你是戏上演那么一会儿，我是戏里戏外都得演，累不死我。"又跟祁红说："你别理她啊，最近得精神病了，格外精神，逮谁想签谁，那天，连我家那个月嫂都问，你说你签一月嫂干吗啊。"

长发的说："胸大啊。"

女人们笑作了一团，倒显得卷头发那个格外冷清，若不是祁红介绍，大概也不会被当作女明星对待。她演过一两部不红不黑的戏吧，连记忆点都没有，精心化过了妆，此时话不多。周达雨老听祁红说明星是有气场的，但卷发气场全无，一有机会，就去阳台抽烟。

周达雨到厨房给大家切蜜瓜，来自日本的名产，一刀下去，清甜的瓜香扑鼻而来。她用勺子把籽舀出来，再细细切成条，抬头时发现卷发在阳台上看自己。

"你来啊。"胳膊纤细的她冲周达雨摆手，放下的时候，金色手镯从臂弯里滑了下来——她真的太瘦了。

周达雨擦完手，去了阳台。祁红家正对着北京最繁华的CBD，车流从未停歇过。被称作大裤衩的大楼挺立在夏夜里，灯光闪亮，异常魔幻。

"夏天的北京，云有时候是粉色的。"她说。

周达雨看过去，果然，今天是个好天气，能看到星光，粉色的云像是馈赠，棉花糖般悬浮不动。

"抽烟吗？"卷发递给她一根。

周达雨本来要拒绝的，但拗不过她，接了过来，嗅嗅，小细烟，KENT，日本货。

"不抽烟？你还很小吧？"

"不小了，二十三了。"

"二十三，我二十三的时候在干吗呢？"卷头发像是自说自话，又点上一根烟，仿佛想起了什么，她说，"我十五岁来的北京，当时要给我爸治病，他酒驾出了车祸，昏迷不醒。有个人说我条件还不错，可以签给他十年，我说，能救我爸我就签。"

大概是喝了酒的原因，她一股脑把故事讲了出来。

"我爸花的钱越来越多，我说，怎么办，他说，没什么，多少都花，我喜欢你，你跟我在一起就好了。"

周达雨吃了一惊，觉得，这样的故事，为什么要讲给自己听？

她只是想找个人说话吧。

"我十五岁，无依无靠，那个时候，北京也这么大，想着，自己有什么可珍惜的，有个人爱你管你负责你，就行了呗。"她回头看周达雨，哑然一笑，眼睛里说不出是悲伤还是别的什么。然后她加大声音，露出一丝轻快："我说，好嘞。"

"我考了个表演班，也是他出的钱。我爸拖了我三年，十八岁的时候，我终于送走了他。"她的声音黯淡下去，"然后开始演戏，出专辑。他对我挺好的，当然，也非常严苛。"

她顿了下，看着周达雨："你谈恋爱了吗？"

周达雨慌乱了，挠挠头发说："没……呃，有一个，待观察。"

"多好啊，我没谈过正经恋爱。"她吐了一口烟，说，"你要继续听吗？"

周达雨点头。她只是不知道，为什么自己会成为这个女人的听众——她化了精致的妆，看不出年纪。

"我心里算着时间，我说，十年嘛，十年后我才二十五，不算什么，又是一条好汉。到昨天正好是，我跟他说时间到了，他说，原来你一直计算着时间呢。"

她用手揪自己的卷发，把它们拉长，再弹回来。

"他说，你自己看看合同吧。我拿出合同，有一条是，合约到期一年内，如果不做解约，就自动续五年。我说这个不能算，他说，你看着办吧，反正所有资源都是我给你的，我也可以都撤回来。"

她大概是很失望吧，像鸟儿飞了一圈，又必须回到笼子里。

"我才发现，我什么都不知道，谁都不认识，除了演戏，我她妈就是一个傻子。"她骂了句脏话，又觉得失态，扑哧笑了出来。

"好了，我骗你的，这个故事是不是很真很狗血？"

虽然有被骗的懊恼，但周达雨心里轻松了许多，也跟着笑："吓死我了，我以为是真的呢。"

"但有个事儿是真的，今天是我的生日，真正的生日，那些网上写的，都是假的，全是他瞎编的！"她冲周达雨挤眼睛，像他真的存在一样，然后说："弄两杯酒，祝我生日快乐呗。"

周达雨拿来两杯香槟，给了卷头发一杯，然后跟她碰杯。杯子发出了好听的一声"叮"，瞬间被夜色吞没。卷发跟她要了微信，说："骗你听了故事，认你这个朋友了。"

周达雨觉得很开心，在微信里跟她说："很高兴认识你，生日快乐。"

她回："这是我们的秘密哦。"

"哦"字后边，带着一个小波浪，"~"，她的微信名字，也是两个小波浪，"～～"。

周达雨说："我给她们送水果去。"

"我也回去。"小波浪笑着，跟她一起回到了房间。

祁红正高举酒杯说："女士们和女士们，我离婚了！欢迎追求我。"

大家欢呼起来，长发说："我也离我也离，你等我啊祁红，我离了就嫁过来。"

祁红说："你不是为了签我吧？"

大家笑作一团，周达雨喝着香槟，尽可能融入房间里的人群，和她们大笑。那一刻幻觉消失了，她觉得自己真实存在于此，并真的认识她们。她们喝了酒，变得无所畏惧，声音越来越大，聊着八卦、养生、投资和房子。

说到房子的时候，祁红想起来什么，跟周达雨说："对了，达雨啊，明天我就去看看十八号的房子。你现在跟那个销售约一下，明天下午两点。"

周达雨到阳台上打电话，对方很快接了："周女士您好。"男声，礼貌节制。

"不好意思，下班时间打扰你。"

"没什么，您有任何问题，随时找我。"

"我明天下午两点，想过去看看房，你那边方便吗？"

"方便方便，一会儿我把详细地址发您一遍，随时恭候。

对了，我姓仲，重（仲）要的重（仲），您随时找我。"

"好的，明天见。"

这里是北京哦，巨大的城市北京，跨城需要两个小时的北京，外卖能力超强的北京，靠电话就可以沟通的北京。

这一边，仲要挂了电话，一拳捶在桌子上，喊了一声"耶"。

终于，这个一直被他骚扰的客户来了电话。

他的兴奋感染了桌面，继而延伸到书架上，站起来再次为自己庆祝时，他的长腿又刚好碰了书架，上边数百个搪胶人偶本就摇摇欲坠，这下借到了力，从最上边的绿巨人开始，多米诺骨牌般，全部轰然倒下，一一落地。

一个个捡起它们的时候，虽然很心疼，还是止不住脸上的笑。他想，明天早上，可以给白树槿一个惊喜了。

他是喜欢她的，一开始就喜欢，可他靠什么喜欢她呢？满墙的搪胶人偶和上百根魔杖吗？

北京，容许你在这里喜欢任何东西，也允许你在这里找到喜欢的东西，或者人。

白树槿早上上班的时候，眼睛肿肿的。昨夜她睡得不好，一直做噩梦，其中一个是妈妈站在海水里，直挺挺地看着她。她说，多凉啊，妈妈。

妈妈不说话，就是不说话。

直到她意识到在梦里，强迫自己醒来，才发现睡在了沙发上。何时睡着的，她也忘了，鬓角渗着汗，心脏狂跳。

门被人推开，有人唱着歌进来，开了客厅的灯。是周达雨。意识到白树槿在客厅里，她吓得吐了下舌头。

"对不起。"

"……"白树槿想说话，但没发出声音，站起身回了自己的房间。

"我做了个噩梦。"其实她想说。

但没人陪伴，才是在这里的生活方式吧。

如果一个人不上班，大概连给自己鼓劲打鸡血的理由都没有，白树槿这样想着，注意到办公桌上贴了一张便笺："下午两点，周女士会联系你。"下边是一个笑脸。

白树槿拿起便笺，看向办公室外边，仲要也正望过来，冲她做了个必胜的手势。

"你的客户，干吗给我？"

"投桃报李，希望师父成全。"

"这不可以。"

"没的商量，我已经跟客户说好了。"

仲要斩钉截铁，不容辩驳，白树槿无法再推脱。更何况，她也需要有个可见的客户了，否则，现在的业绩空白，见客户也是空白，陆总那边不好交代。

她今天生日，也就是巨蟹和狮子相交的那天，7月23日，可左可右。她觉得自己像狮子，此刻，又认为自己该是巨蟹，可以软软地，跟仲要说，今天我生日。

但她没有，她需要挺直脊背，重整旗鼓。

夏天过去一大半了，为什么好消息总是没有来？

早上得到的坏消息，让周达雨半晌说不出话。祁红急匆匆地打来电话，告诉她，小波浪，死了。

昨天晚上还化着妆给她在阳台上讲故事的小波浪，就这样死了？

"安眠药过量。"祁红说，"她喝了酒，第二天还有通告，经纪人见她老不出来，就去敲门，发现沉沉睡着，到医院，人就没了。"

周达雨需要时间接受这个消息——几小时前，她刚和她碰过杯，说过生日快乐的呀！

她的朋友圈里，没留下任何字句，只有一张图，大概是昨晚在祁红家阳台上拍的，墨色的、有着粉色云朵的北京夜空。

周达雨第一次离死亡这么近，一个活生生的人，突然间就消失了，再也没有声息。

她和她没有共同朋友，那个朋友圈的照片下边，看不到任何人的留言。

那她说的故事，到底是真的还是假的？

磨磨蹭蹭起来，周达雨看着镜中的自己。

"那个房，你代我去看吧，我去医院。"祁红交代说，然后挂了电话。周达雨压在心口一声"唉"，对着已经忙音的电话，说："我能跟着一起去吗？"

小波浪，死了。

她木然地洗了个澡，到中午十二点，收到一条短信："周女士，我今天临时出外勤，您到了楼盘，联系我的同事小白。"

后边是小白的电话。

到"十八号"的时候，周达雨仍没有从灰败的情绪中解脱出来，她冷冷地拨通电话，一个女声，冷静且殷切，说"您稍等啊"。

今天天气有点热，云朵压得很低，像要下雨的样子。云被风吹着，迅速掠过这个北京最贵的楼盘。然后，她看见，她的二房东白树槿，从售楼处走出来，袅袅婷婷，脊背直挺。说自己是做金融的白树槿，要来迎接她的大客户周女士了。

周女士呢，觉得要被北京的太阳晒化了，她急需一杯冰水，用来缓解这两天的经历，以及，她需要面对的二房东。

真的，是你吗？

14

阳光之下，并无新事吗?

是的。

面对"周女士"的白树槿脸上红一块白一块的，但三秒钟，她又恢复如常，礼貌地说："您好。"不带半点儿难为情。

然后她递上冰的矿泉水，引周达雨到售楼处，先看沙盘，再看实体样板间，最后，终于到了真正的房间。

套上布的鞋套，推开用双手才可以推开的大门。两个人，尴尬过后，多少带着点戏剧感。

"这一套，价格四千五百万，平层，四百平，内置游泳池，中庭是亮点。主客分开，主仆分开，送装修，价值七百六十万，结构合理，主要是视野好。"

她一字一句，异常清晰。

周达雨则局促地跟着，解围般地说："也不是我买，是帮我老板看看，我能拍照吗？"

"可以。"白树槿不动声色。

"这个可以分期吗？"周达雨小心翼翼地问，帮祁红了解该有的问题。

"是首套房吗？"白树槿问。

"应该……算是吧。"周达雨想了想，回答。

"多大年纪？"白树槿继续。

"四十岁吧。"

"需要给您算下。"白树槿麻利且面无表情地拿出手机、调出计算器、算出数字，给周达雨看。

数字当然令周达雨咋舌，但更让她意外的是碰巧显示的一条弹出信息，"尊敬的白树槿小姐，招商银行祝你生日快乐……"

"你……生日啊？"周达雨问。

偌大的房间里，阳光打了下来，又瞬间被云层遮盖。这是二十层，一眼看过去，轻松找到北京的地平线。

"不重要。"白树槿回答，声音难辨悲喜。她只是一个个房间地带周达雨走下去，像被安放了程序的机器人一般。

周达雨想起小波浪——刚刚过完生日的另一个人——心中像被大石头压住了。她觉得白树槿没必要骗她，干吗编一个金融工作，谁比谁更高尚吗？女明星吗？

更何况自己，也是个一摊烂泥一样的人。

走出售楼处大门，和白树槿道再见，周达雨走在路上，莫名就掉下了眼泪。怎么了自己这是？她用手抹泪，但泪水还是不争气地往下掉。白树槿转身回公司的背影，深深刺痛了她。这路上行色匆匆的人，不认识的陌生人，或者像白树槿一样熟悉的陌生人，身上都背负着什么秘密呢？

白树槿到天台抽烟，没有表情，看见楼下的周达雨，像是在哭一样，最终转过街角，消失不见了。

"怎样怎样？这个客户靠谱吗？"仲要发来微信，难掩兴奋。

"靠谱，谢谢你啊，仲要。"白树槿回。

"看你说的，师父，希望能够帮到你。"后边缀着一个傻笑的表情。

白树槿笑了一下，笑容转瞬即逝。

"今天要一起吃饭吗？"她最终，还是没发给仲要这句话。此刻的北京，黑云压城，要下雨了。

白树槿抱着双臂下楼，遇到正要上楼抽烟的仲要，当然，身边还有个高跟鞋咔咔作响的范金鸡，一见她就张口道："白总，您最近很拼啊。"

"还是你拼。"白树槿没有表情，甚至没有看仲要一眼，虽然她感受到了他的灼灼目光。

但还是你们拼吧。

白树槿直挺着腰，在仲要和范金鸡拐上天台的那刻，突然间崴了一下。

钻心的疼，从脚踝到大腿直达内心，她"哎呀"一声，坐在了地上，手机也"啪"的一声落下来。捡起一看，成了大花脸，碎得纹路清晰，颇有艺术感。

一条微信进来了，是陈年的。

白树槿没来得及看。一瘸一拐地回到工位，拿杯冰水往脚踝上敷，冰凉的触感让她打了一个激灵。再拿起手机的时候，她发现，陈年的消息，撤回了。

对方撤回了一条消息。

一个下午，白树槿都在隐隐的疼痛里，所幸经过冰水洗礼，脚踝没继续肿大，还可以走路。

晚上，她看到范金鸡和仲要匆匆出门，大概是有大客户吧，才这么兴奋。

白树槿一瘸一拐地走到地下车库，上车，发现车打不着火了。坐在"老爷车"里，她狂拍了几下方向盘，手真疼啊。

白树槿龇牙咧嘴地拿出花脸手机，找到那个一直问自己卖不卖车的二手汽车商："你现在在哪里？现在就来，我不想再看到它。对，有点毛病，打不着火，找车来拖走吧，拖车费我出。多少钱？你是不是疯了？我买的时候八万呢。行吧，行吧。"

等待拖车的时间里，白树槿一瘸一拐地按开后备厢，清理车上的东西。说是清理，其实是找出还能用的东西。不穿的旧布鞋，心血来潮上瑜伽课留下的瑜伽垫，染了咖啡被换下来但忘记取走的裙子，过期的玻璃水，年会时获赠的莫名其妙的饮料。白树槿翻着后备厢，看到了一个本子，打开一看，竟是自己刚到北京那年的日记。什么时候放车里了？哦，想起来了，当时给人捐旧衣，发现旧衣服里塞着这个本子，就一起拿下了楼，还一直没抽出时间看。

　　最后，白树槿从车里拿了这个本子和一些零钱，大概六十多块吧。拖车来了，姓王的代理问她，里边的东西都不要了？

　　"车都不要了，还要什么东西。"她笑。

　　"怎么今天这么着急啊？"代理给她转了账，堆着笑问她。

　　白树槿回答："有点仪式感不好吗？今天适合断舍离！"

　　微笑着，也似乎眼眶含泪，看着老骐达被拖走了。从八万到八千块，你也算劳苦功高啊，白树槿想，好像也没拍拍它，就跟它说了再见。

　　走出车库的时候，如果不是老天在故意作弄，应该没有别的原因了吧？因为，就在她走出车库的一瞬间，大雨倾盆而下。

　　似乎，要把这个世界洗得干干净净。

白树槿看着花脸手机，想起来什么，一辆空载的出租车驶过，她冲进雨里，拦住了它，一副要去办急事的样子。

　　"姑娘，这么大的雨，你急着干吗去？"司机问。

　　"买手机。"白树槿大声说。

　　路上翻本子，边哭边笑，像刚来的那一年被重新过了一次。

　　大学毕业，找到第一处房子，三个人合租；自己买了个大单人床，和当时的男朋友，骑三轮把床垫带回家；分手，在簋街喝多了；一个人熬夜看稿子，打哈欠；椅子折了，摔破头挂了急诊……

　　自己什么时候从毛手毛脚变成了现在这样的一个女人？又是从什么时候，开始计算距离，衡量得失利弊？

　　一辆车，最后换来一部新手机。

　　新手机登录到新微信界面的时候，里边任何信息都没有。白树槿有一种刚沐浴完、周身干净的轻松。

　　原来，人没有什么是不能失去的。

　　就连那个本子，也被她忘在了出租车上。这个生日，过得真有意义。

　　雨停了，这就是北京的雨啊，见利忘义般，忘恩负义般，本已无情正好分手般，干脆、果断。忽晴忽雨，最后，又晴了，一点雨的痕迹都没留下。

　　然后，白树槿惊喜地发现，自己的脚不那么痛了，只是，肚子却咕咕作响。去往 NA 餐厅的路上，她在三里屯最著名的蛋糕店外，看到了排队的周达雨。

她似乎是哭过的，眼睛肿肿的，像在认真想着什么，还是孩子的样子。脸小小的，又白，在看手机或者有伴儿的人群里，显得过于瘦了，有点可怜。

三十岁前才钟爱排队，三十岁后，谁要排队？都要片刻不等，立刻得到。白树槿想。

坐在 NA 餐厅，服务员把白餐布铺上，拿来最好的红酒。白树槿想，此刻，她不关心世界，不关心人类，三十岁到来前，只想好好吃顿饭。

最好的小羊排搭配最好的红酒，最适合告慰身心。两杯酒下肚，白树槿的眼睛有点迷离，从窗口望出去，三里屯变成了夜色里该有的样子。

有人在路边嬉闹，有人匆匆离开，有人刚刚赶来。

巨大的广告牌下，有人拿着啤酒席地而坐，旁边是两三个空瓶子。他似乎醉了，眼睛茫然地看着远方，可远方什么都没有。

更近一些的地方，人群围出一个场子，流浪歌手唱着《成都》，结束时有稀稀落落的掌声，掌声又瞬间被汽车的声音冲散。

未成年的孩子卖着鲜花，年迈的老人举着丑陋的悬浮在空中的氢气球。

餐厅里有情侣在庆祝生日，小提琴手戴白色手套，拉着蹩脚的《生日快乐》。

　　大家鼓掌，白树槿也附和着。

　　是哦，在这里，她跟陈年说的再见；也是在这里，她跟陈年说，怎么都行，我喜欢你。她像丢掉她的本子她的车她的手机一般，也丢失了她的年轻和勇敢。

　　微信响起，是陈年："想你了，来找我吗？"

　　酒意一下冲上了脑袋，在太阳穴狠狠地敲。她想立刻转身而去，让自己的压力啊，人生啊，一切啊，都冲进他怀里，都随着激烈的暴风雨被冲刷下去。

　　却又被自己制止了，她一字一顿地回："我也想你了。"

　　下一条是："但我不会再去了。"

　　她连删都不删他，形式感的东西，今天已经做够了。她在心里给自己打了个结，结绳记事，陈年，自此，我们再无瓜葛。

　　结完账，白树槿走出餐厅，找到卖气球的老人，买了他所有的氢气球，大概成束的三十个左右的样子，花了五百块钱。老人说声"谢谢"，她说"不客气"。

　　"跟我说句生日快乐吧，我今天生日。"白树槿尽力压低嗓音，似乎怕被别人听见般。

　　"生日快乐。"老人说，"姑娘，你要幸福啊。"

　　"会的。"白树槿坚定地说。带着气球离开，到广场中央的时候，她松开了拿绳子的手，周围有人欢呼，有人鼓起掌来。仰头望着它们，白树槿觉得，真开心啊，它们自由了。

　　白树槿醉醺醺地回到家，眼前的一切让她呆住了。酣睡在沙发上的周达雨，旁边桌面上放了一个蛋糕，蛋糕上写着："伟大的室友，生日快乐。"

　　白树槿应该感动了十秒钟以上。然后，周达雨从昏睡中醒来，揉揉眼睛，看着她，忙不迭地拆开蛋糕，插上蜡烛，点燃，说："原来你是巨蟹座啊。"

　　"狮子座。"白树槿沉下脸来。

　　"7·23，明明是巨蟹啊。"周达雨不依不饶。

　　"明明是狮子。"

　　"巨蟹。"周达雨一锤定音停止了争论，"不管什么星座，反正总要吃个蛋糕啊！"周达雨站起身给白树槿戴生日帽时，才闻到她的酒气："喝酒了啊你。"

　　"不管怎样，先唱《生日快乐》吧。"她快速唱完，跟白树槿说，"来，许愿吧。"

　　白树槿像个傻子一样，任由周达雨摆布，直到她拉起她的双手，让她许愿时才清醒了一些。她听到周达雨说："许具体点啊，大房子、大金子、大金龟婿，都行。"

　　这个愣头青、二百五、精神病、中二病患者，让白树槿"噗嗤"一声笑了出来，继而，她鼻子一酸，哭了起来。

　　这场大哭，酝酿了三个月，或者四个月，或者更长的时间。

195

倾泻而下的，是一切不愿意面对、不愿意舍弃、不愿意长大、不愿意承认，还包括，不愿意在一个熟悉的陌生人面前哭出声，在一个从来不愿多看一眼的相反或相似的人面前哭出声。一定是喝酒的缘故，自己太不争气了。

更不争气的是，她张开双手，将周达雨揽在了怀里——哭得更凶了。

好久没被人拥抱过了，这个拥抱，让两人都平静了下来。在这个巨大城市里，周达雨突然明白，原来，被人在意是那么难得的事情。

她没有哭，但发自内心地觉得，白树槿是个不容易的家伙，起码，不像看起来那么面无表情、云淡风轻。

生日快乐哦，我最伟大的二房东。

这天晚上，周达雨带着一瘸一拐的白树槿去了北京最高的酒吧，大的落地窗，望出去是沉沉夜色。

"这里，据说可以看到北京最好的日出。"两个人选择在窗口坐下，望向外边的北京灯火。

"你从哪儿知道的这么多地方，你不刚来北京没多久吗？"白树槿很好奇。

"跟着祁红姐很快就知道这些了，不过，北京真大。"周达雨也觉得不可思议。

小白已经不记得有多久没这样喝酒了，她发现自己有很多话想说："我现在发现，人生是守恒的，你爱过的人、犯过的错、喝过的酒，都是有数的。年轻时没碰到，长大一点还是会碰到，我像你这么大的时候，从来没这样喝过酒。"

周达雨听完说："那我现在喝了，是不是到你这个阶段就不用喝了？"

两人又干了一杯酒。酒真是怪东西，开始是酒，后来是水，最后又变成酒。它让人突然放松下来，觉得一切不过如此，又，都很重要。

周达雨说："你肯定喜欢一个人。"

"是啊，我是喜欢一个人……待着啊……"白树槿虚晃一枪，心里有点虚。

"那你要表白啊。"

白树槿表示非常不同意："多大岁数了还表白，这个事儿难道不是心知肚明的吗？你一个眼神过去，对方就该懂了。"接着说："女人的爱情啊，分为四个阶段，衣食住行。"

周达雨非常好奇："什么意思？"

拿好手中酒，白树槿认真地说："第一阶段，衣，你选择的人，是让你觉得漂亮的人，所以更看重外在；第二阶段，食，你选择的人，适合你的口味，别人不理解，不妨碍你爱吃；第三阶段，住，你选择的人，你都不用带他出来，在他身边像在家一样放松；第四阶段呢，是，行。"

周达雨托着腮问："是不是，能一起走去远方啊？"

"是怎么都行，是个人就行。"

两人哈哈大笑起来。

"那你现在有喜欢的人吗？"

"有，可他喜欢哈利·波特。"

"你的理想生活是什么啊？"

"没什么，其实一个人也挺好的——老这么告诉自己，也就信了，我不是非得找个人结婚生子。"

达雨追问："小白姐，那你的梦想是什么？"

"噗，汪峰啊你，我的梦想是明天早上，买辆新车！"

"这不是梦想，这是愿望。"

白树槿长吐一口气，说："梦想吗？提起来都觉得羞耻。以前我还信一切都可以靠努力得来，相信努力必有回报这样的话。回过神才发现，虽然在逐渐靠近自己喜欢的生活，但好像离出发的地方更远了，梦想也越来越看不清楚。这个城市不是自己的，老家也不是自己的，卡在中间了。"

白树槿把柠檬片卡在酒杯上，看着周达雨："但没有办法，只要张开眼睛，就得忍痛开始新的一天。"然后，她好奇地问周达雨："那你到底想干什么呢？来北京。"

"其实之前有过理想的。"周达雨看着远方。

"什么？"

"独立、自信、特别酷，成为一个你这样的人。"周达雨认真地说。

"神经病，我有什么可成为的，你老点了就是我。"

"现在可能要改了。"周达雨认真看着白树槿。

"为什么啊？"

"因为你是巨蟹座，又会哭鼻子，一点都不酷了。"说完，周达雨大笑起来。

"喂，我是狮子座好不好！"白树槿也大笑。或许是声音太大，惊动了旁边桌上的人，两人压低声音，彼此做着小声点的手势。突然，周达雨像发现新大陆一般，看着窗外喊："天要亮了。这是我第一次看到北京的日出。"

白树槿伸展自己的胳膊："这是我五年来第一次熬通宵。"

周达雨拍拍小白的肩膀："我坚信……"

"坚信什么？"

"人是需要好好睡觉的！"

白树槿和周达雨都喝多了，但这一刻，两人如此贴近：酒让对话变得没有拘束，不带偏见和界限，更像是说给自己听。

此时，夏日的太阳正从东边升起，光亮如水银般飞速灌满了整个城市。

新的一天，不可避免地来了。

15

　　林雀多是在八月下旬吻周达雨的，这个阶段，白树槿也发生了一件大事。

　　而在此前，夏天已经显得倦怠，似乎怕自己太热，时常用雷雨闷头浇向这个城市。这时如果恰逢周末，白树槿就叫周达雨：走，出去冲个澡去呗。

　　周达雨当然不去，但最终还是会陪她去个便利店什么的，买点零食。凉拖踩在水里的感觉，不知道白树槿为什么喜欢，周达雨顶讨厌脚上半干不湿的感觉。南方来的孩子，最不喜欢雨天，衣服晾不干、头发湿答答，但青岛人白树槿看到天气预报说会下雨都会眼睛发亮。

　　周达雨就取笑她：久旱。

　　不然为什么那么热衷于踩水？

打开心扉后，相反的两个人才发现找到共同点并不太难。不用妥协，可以一起去看个电影；非要强求，白树槿可以去周达雨的拳馆练一会儿拳；周达雨也可以跟着白树槿吃顿食不知味的早午餐。惦记着白树槿的卖楼大计，周达雨在见客户之余，总要偷偷塞上一张白树槿的名片，临走还要鬼鬼祟祟地说，买楼找我好朋友啊，服务到位……

白树槿呢，做了件让周达雨很感激的事儿：周六早上，拉她起来。干吗？人生还有未竟的渴望是不是？必须学习自行车！

奋力睁开睡眼，周达雨心怀感激、颤颤巍巍地上了晚蹬十年的自行车。中午时分，白树槿率先放弃，她疼爱地对周达雨说："我从来没见过你这么笨的，还有……你看起来这么瘦，一上车怎么那么重？"

"算了，算了，你还是直接学开车吧。好吗？"

"不行，一旦我认定了，就一定要学会。你不许放弃。"

不得不承认，这些相反想法的交换，于她们二人，都是难得的放松。她们共享着一种毫无挂碍的，没有期待的，不作要求的，暂时与世界隔离的，在栖息地方圆三公里内有效的——候鸟般的感情，即便她们一点都不相同。

只有深夜从隔壁仍传来歌声时，她们才会产生相同的行动力——敲隔壁门，并成功震慑噪音源。

白树槿租约的势力范围得到了进一步拓展：整个八楼，

十一点后严禁练琴，只能默诵。也由此，周达雨终于见到隔壁阳台的音乐爱好者和方便面垂涎者，一胖一瘦两位青年——大概也是因为互补才找到彼此吧。

合约达成时，两人得到了音乐爱好者的馈赠，说，我们发单曲了，送你们一张。CD 包装得有些简陋，他俩不好意思地笑了笑。

拿着 CD 回来，两人关好门后"噗嗤"笑，白树槿说："谁现在还用 CD 啊。"

周达雨吭哧吭哧地说："我。"

当夜，两人听了一首叫作《一个人的北京》的歌。

"好像，有点儿想家了。"周达雨望着外头每一个亮灯的窗户，慨然道，"其实大家都是一个人。"

白树槿的目光放到了更远处。对面有座大厦，她说："你看，那个大厦的灯，怎么组成了一个问号？"

白树槿坚持认真工作，每天给爸妈发一条微信，只是，生活里的问号并没有减少。仲要的忙碌，让她觉得自己已然远离一线，呈现出廉颇老矣的尴尬。坐在办公室，竟隐隐有种半退休般的茫然无措。

陆总已经不敢在例会上逼迫她了，甚至，看到她茫然地坐在电脑前，会迅速转头以避免难堪。

仲要和范金鸡成了这个夏天寒冬般楼市里，峭立在悬崖边的坚韧之花，且伴随着高歌猛进，仲要开来了自己的第一辆车，虽是一辆三系宝马，总价应该不超过五十万，但它是带着GT 的，一旦打火，就像它的主人一般，展现出年轻的按捺不住的轰鸣声。

范金鸡穿着自己的小高跟鞋，咔咔作响地走过白树槿的办公室，像是踩在了她的心上肺上肋骨上。她急于求胜，脚步生动利落，连余光都来不及扫向自己曾经的劲敌，因为，不再值得。

白树槿没了车，有时坐地铁，累的时候就打车回家，但大部分时候是累的，累还没有结果，就更累一些。她不再穿高跟鞋，人也就就矮了几分，走出公司的时候，觉得自己老了，老得视力下降，老得腰椎间盘突出的老毛病犯了，身躯弓成一个问号。

问什么呢？问仲要你的早安晚安去哪里了吗？问他到底是怎么想的吗？问他事业突飞猛进之后可还记得有一个落魄的"师父"吗？

直到发现自己的三个问题都和这个男人有关，她才惊觉，原来，自己分手不是事出无因，是潜意识里把它当成了和仲要拥有某种可能的入场券。然后呢？对不起，演出结束了。

出门时，仲要的宝马停在车场里，散发着温润的光。他怎么还没走呢？

好吧，既然问号很舒适，就做舒适的问号吧。

好死不死的，公司门口正在保洁的地面有些湿滑，白树槿几乎以为自己要仰天摔一跤了，甚至想到后半生靠轮椅生活、满面寒霜匆匆驶过无障碍通道，但最终她靠双手的摆动稳住了自己，像稳住自己的全部生活那样。

当然，这个姿势相当尴尬，如果用慢动作播放出来，大概配得上悲怆的贝多芬。

待她重新整理自己，准备继续弓成舒适的问号时，目光中的一个人让她站定，且挺直了。

她必须挺直——坚硬、冰冷才配得上如此狗血的场景。曾经盼望过的、脑海中回旋过的、台词默念无数次烂熟于心的场景，在这个她即将弓成问号的傍晚，出现了。

是陈年。

从来不主动联系她、多说一句都嫌啰唆、她不说话就正好的陈年。

此刻，他身着墨色长衬衫，站在夜风中，目光定定地望向她。他的脸依旧苍白，比他即将说出的话还苍白。这符合他的人设吗？他不是最擅长冷战、不理不睬也不抛不弃的陈年吗？

"好久不见。"他说，四个字像是温习了很多遍但因不是母语所以并不擅长一般。

"最近还好吧？"他继续问，老实得很，仿佛他从来没写过犀利文字、不是一个善于遣词造句的人。

但这句，也让白树槿警觉，警觉什么呢？这个擅长"另起一行"的男人，终于找到契机来"另起一行"了。

她不知如何作答，那些曾经滚烫、在胃里食管里反复出现的句子，此刻一句都讲不出。她又有种奇怪的呕吐感，一种自己梦醒后看到别人还在梦中的荒诞，一种整个房间都喝了酒，只有自己非常清醒的莫名愤怒。

她迅速回忆了一下，在自己最脆弱的时候，是不是有想过他，哪怕只是想跟他抱一抱或者做爱也好。

她承认有过，但不强烈，也被迅速克制了。《未来简史》里说，人根本控制不了自己的欲望，所以根本不知道哪一刻才是所谓"真实的自我"。

她和陈年就这样面对面站着，终于挤出一句话，事后让自己笑了半天。

陈年没来得及回答——太不按常理出牌了，让他的准备显得不够充分。事实上，他从来没有这样过。那刻，他一定是后悔找她的，这不是自取其辱吗？他痛恨这个世界，是这个世界让他孤独、愤懑、无处投递，让他鬼使神差来这里玩什么"复合"。

他听到白树槿说："你觉得我是一个有吸引力的女人吗？"

"啊？"是他常年把这句当成自己回答前的铺垫的呀。这样的疑问会给他一个合理的缓冲时间，让他精确准备自己的回答。

他连回答也晚了一步。

白树槿听见一个熟悉的声音说："当然了，非常有。"一只有力道的手从背后托住她的腰，让她更加挺直。那只手自然地推着她向前走，温度从腰际蔓延到全身。

她回过头，看见了仲要挺直的鼻梁、坚定的眼神。他用手里的遥控器，按亮车场里自己的宝马。

她被安置在副驾驶位，并被系好安全带。她感受到他清晰的鼻息。

那是和陈年带着烟味的气息不同的，清新的、有薄荷味儿的鼻息，此刻，这让人心跳的鼻息正从她左耳，到下巴，到脖颈，从容不迫，没有压力，又带着不可违背的旨意。这个半年前孩子般笑坐蹦蹦儿上班的家伙，此刻像个拯救者，嘴角还有一丝得意的坏笑。

这是夜色开始变凉的八月底。默默坐在仲要的副驾驶位置上，白树槿说："谢谢你，又英雄救美了。"

仲要像完成了一件很严肃的事，认真开着车，说："也谢谢你，给我英雄救美的机会。"

"别闹。"白树槿笑了，连带刚才问出那句话的笑一起，变得不可抑制。

"没闹，我刚学会开车，不敢闹。"仲要不看她，但极其认真，"你正好当我陪练了。"

"我很贵。"

"你老实点，已经被绑架了还这么多话？"

"绑架我赡养用么？"

"……"仲要沉默不语，接着说，"可以吗？这路况有点儿复杂。"

"你拉我去哪儿？"

"别干扰我。"仲要打着方向盘，将车驶上三环，再到国贸，然后径直开在长安街上。有时，你需要经过这里，北京饭店啊，建国门啊，才觉得这里是北京，才能与意向中的北京有联系。

"我有一种能力。"白树槿静静说，"一旦我喜欢上别人，别人就会放弃我，百试不爽，永远都是这样，像个魔咒一样。"

仲要不作声。

"第一次谈恋爱，和一个同学。大概有点儿互相喜欢了吧，结果放寒假，要过年。觉得没法儿分开，又怕爸妈偷看短信，于是约定说，如果想对方了，就发短信：新年好啊。

"然后一个假期，我们说了五百个新年好。开学后，我觉得我已经非常爱他了。这样谈了一年，他来北京，我回青岛。没说怎么办，我们继续发短信，每次想他的时候，就发新年好。"

车停在红绿灯前，右边是天安门。

"后来我发现，我的新年好越来越多，他的越来越少。有一天，我来北京找他，我很想见他——要给他惊喜啊，年轻就是这样。

"他在恒基中心上班，我给他发短信说，新年好啊，我在恒基中心了。

"他说，好啊，我中午来找你。我印象很深，那地方有个不见不散餐厅，然后，我点了一个番茄蛋饭等他，番茄蛋饭凉了，就再点一份。我慢吞吞地吃了三份番茄蛋饭，他也没来，打电话，他也不接。

"我就步行到王府井那里，那儿有个麦当劳，喝着饮料等。我说，新年好啊，你怎么不理我？天都要黑了，他就是没有回音。"

车继续往前开，仲要没有声音，像是鼓励她说下去。南池子、中南海、西单，再往西去，北京像被切割成了另外一半，车流变少，人变得安静。这是北京心脏上的一横，坚定、笔直、有力，直插西山。

"我去北京站买票，发现只有第二天早上的。晚上怎么办？我就从北京站走到天安门，又从天安门走到北京站，再走回来。我当然没放弃，大概发了二十个新年好吧。"

车停在一个红绿灯前。

"后来我知道，我当时错了，不是所有问题，都需要有一个答案的，我太固执了。长大就是要学会不追问，我现在不追问了。"白树槿苦涩地笑了下，看着窗外，"但魔咒好像没打破。我是不是有点……"

白树槿边自我解嘲边看向仲要，"傻"字还没出口，他的嘴唇已经盖住了她，继而，含着她的上唇喃喃地说："一点儿也不。"

以及"新年好啊"。

白树槿脑袋出现了一瞬间的空白，继而，她闭上了眼睛。她必须承认，她是爱他的，从第一眼看到就爱了。

也许还会被放弃吧，她想，但不管了。

后车的喇叭很响，仲要把车停在路边，冲着她坏笑，眼睛黑亮黑亮的。

她也笑，说："新年好啊。"

"新年好。"仲要没有犹豫，将唇凑过来，再次压向她。

他的唇坚定有力，如同他身上的气息。多日后，白树槿仍能忆起那个味道，她想，如果味道可以保存，像照片一样，多么美好啊。

拥抱的时候，他们低声说话。

"你是不是一直欲擒故纵我？"仲要说。

白树槿："没有，我是真的要纵而已。"

他们继续拥抱，白树槿感受着他臂弯的力量，身体柔软了起来。那拥抱那么确定，不带任何疑问。

白树槿正色道："我可比你大七岁，你别嫌弃。"

"我比你高十五公分，你别嫌弃。"仲要说。

此时，林雀多正在布置那个叫作"一个人的北京"的橱窗。

周达雨，像是这个城市里普通女孩的综合体，偶尔热血，偶尔消沉，偶尔大吃大喝，偶尔立志减肥，这样"偶尔"着，用掉很长时间。

她也会像她们一样，自由又迷茫。所幸，这个城市有足够多满足欲望、消解迷茫的商品和场所。

当然，它也给人们留着攒钱、伤心、失落的机会。

周达雨暂时还没找到自己的梦想，但她的生命力，像野草般长进了林雀多的世界——这女孩跟他之前认识的每一个都不一样。

所以，他的正经事，除了工作还有一件：让周达雨知道自己喜欢她。

对于周达雨这样的傻子，还真是……不大容易呢。

发现

16

　　咖啡店里，雀多和达雨并排站着。

　　雀多点单："ven……"

　　达雨补充："venti 的冰美式。"

　　雀多补充："不不不……"

　　达雨继续补充："不加奶不加糖。"

　　达雨是知道雀多喜欢自己的，但自己是不是喜欢他，并不确定，她只是享受跟雀多在一起的时间。雀多呢，应该是不知道怎么向周达雨表达，所以用了自己认为可行的方法，就是，买东西。

　　皮草伤愈后，拆掉纱布夹板的后腿走路极轻，看起来像个初上 T 台的小模特。雀多接皮草的时候，发现周达雨正在和洗衣机作战，但作战方法非常简单，就是用手拍拍打打。

下午，他订的洗衣机直接送到了周达雨的住处，刚巧周达雨不在，白树槿就收了货签了字，让师傅安装好，扔进沙发套开始"处女洗"。

周达雨回来后发现洗衣机的声音不对，紧接着看到白树槿站在旁边摆出"欢迎欣赏"的手势，气得都结巴了。

之后，她被林雀多送了自认为她需要的东西：一辆自行车。

还是被店家绑了蓝色丝带，精心扎好，打满气立刻可骑的。自行车送来的周六，白树槿去开门，看到礼物，斜眼对周达雨坏笑："圣诞快乐啊。"

此时，八月还没过完，但雀多的圣诞老人能力已浮出水面。

坐在客厅，睡眼惺忪的周达雨对着车子发愁。

托着下巴，她说了一句话："得三百吧？"

"三百？至少五千。"白树槿看了一眼。她识货。

"太贵了！"周达雨惊呼着弹起，又苦恼地抱着靠垫摔在沙发上，"小白姐，你说我该怎么办？"二十四年来，她第一次知道什么叫"受宠若惊"。

"怎么办？你也不大会骑，卖了变现呗。"白树槿笑着说，又觉得周达雨是真苦恼，就正色道，"那你到底是怎么想的呢？被人喜欢难道不是女孩子必须承受的吗？"

"可他是个富二代啊。"

"富二代怎么了？怎么现在富二代还成贬义词了？算了，成年人不说喜不喜欢，只讲愿不愿意，你愿意跟他在一起吗？"

"我不知道啊。"周达雨真的苦恼。林雀多是美好的，他在阳光下闪亮，让人不敢直视，除了结巴没有瑕疵。可越是这样，周达雨就越觉得自惭形秽：我，凭什么呢？

"你想象下，婚礼进行曲，你穿着婚纱，旁边的人是谁？"白树槿憋着笑说。

周达雨闭上眼睛，试着去想象。那个人的手应该是好看的，拉住她，温和又有力。但面孔模糊不清，难以辨别。

白树槿尽力靠近她的脸，都能看清楚周达雨抖动的睫毛了："一个人要是不停地吻你，你愿不愿意？"

白树槿想着仲要的脸，内心的回答非常坚定。愿意啊。

周达雨认真想了想后，奋力睁开眼睛，看到白树槿，立刻跳开，说："不行不行，离这么近都不行。"接着说："而且，他也没表白过啊。"

"噗。"白树槿笑出了声，"成年人不用表白，只用表达，拥抱你算一种，买东西也算一种，而且买东西成本更高。"指着自行车，她说："价值五千的表达。所以，女孩子要具备应对这些表达的能力，是接受，还是拒绝，你要想想。"

"不想了，我现在就想睡觉。"周达雨抱起靠垫，扭着屁股回了自己房间。

躺在床上睡回笼觉的时候，她想，其实自己是希望林雀多出现的，这样，就可以把自行车还给他了。

然后她翻身起，给林雀多发了个微信："你在哪里呢？"

"我在华贸呢，有个新店的橱窗要做。"

"好。你等我。"

"？，要下雨了。"

雀多看着外面的天空，乌云正从城市的南边压过来。

周达雨一边用手机导航，一边摇摇晃晃地骑着林雀多很好骑的"表达"，歪歪扭扭地前往他所在的位置。

她想，自己应该对林雀多的"表达"表示遗憾。雀多这种闪闪发亮，有自己理想和长处的人，应该远离她这样的菜鸟比较好。来北京半年，她已经不是那个看到东西就喜欢的傻姑娘了——这里充满着等价交换和公平原则。

所以自行车得还回去，洗衣机的钱算是借的，会定期还给他。

他这样的人，应该去找那些闪闪发亮的女孩。自己明明不是，只是来北京换个节奏试试能不能活下去的人，遇到白树槿，遇到祁红，就已经感谢上苍眷顾了，不能再遇到一个闪闪发亮的林雀多了。

"除非我特别好，才可以拥有这些，对不对？"她仰望天空，试着和命运沟通，命运回馈了她滚滚的雷声和迅速暗下来的天色。这个城市的雨也和这个城市一般果断，充满行动力，绝不暖昧。

但似乎是这样的：如果在去往某地的途中遭遇了下雨，

哪怕离出发地更近一些，人们好像都不会选择退回家里，而是期望更快地到达目的地。

所以，到达华贸的周达雨，浑身湿透。等她看到一个橱窗，停下来时，雨已经基本停了。橱窗让她惊讶，也迅速让她确定：这是雀多的作品。

橱窗一分为二，一半是印象化的，充满了梦幻感，充满了女孩子们喜欢的东西：唇膏啊、睫毛膏啊、包包啊、高跟鞋啊、婚纱啊……它们被细的鱼线拉起，悬浮在空中，仿佛有关联，又似乎毫无关系。

而写实的一半，确切地说，是这一半，让她呆住了——这就是她周达雨的卧室啊：单人床、小的床头几、床头几上可怜的花瓶和一朵小雏菊、一半堆满东西的沙发、窗台上的方便面……曾几何时，自己就是站在那里，看着三环的车流。

最触动她的，是分割处的巨幅文字："左边是我现在的家，右边未必是我的梦。"

站在橱窗前，周达雨的心被击打了数次。第一次，她觉得被理解，这和端正鼻子的凌野带给她的刺激不一样。

她想过很久的话，突然被写了出来，她也突然觉得，这个除结结巴巴外没有瑕疵的林雀多，和她想象的不一样。

橱窗边传来争吵声，周达雨走过去，看见林雀多背对自己，正和一个西装革履的人争论着什么。

"这个橱窗的主题，不适合我们，我们不用强调哪些是女孩们真正的梦。"

西装男抱紧双臂，显得凛然不可侵犯。

"可这……才是真实的……生活啊，我觉得有反差才有梦想，这个主题很醒目很有……打击力。"林雀多降低了语速，竭力保持平静。

"时尚是什么？是傻姑娘们想要但得不到的生活。你给我整个真实的单人间干吗？整个揭穿真相的句子干吗？谁不知道生活皆苦，但时尚从来不负责体察民情！我们只是吸引多数人的关注，满足少数人的需要！这样的橱窗能激发什么购买欲？让大家都收起钱包离开这儿追别的梦吗？我跟你说，不可以，立刻重做。"

"普通人也可以有自己的喜欢，有自己不一样的梦啊，这不是北京的意义吗？"林雀多怒了，声音提高了一个八度，甚至，连结结巴巴都没有了。

"我不要意义，我要销量，你也不需要寻找意义，好好干活就行了。干不了赶紧告诉我，我换人。"西装男根本没有怯场。

林雀多放弃了争吵，即便他情急之下已经能非常流畅地表达自己。他的拳头一握再握，最终捶在身边的墙上，继而松开，转身回到橱窗。在他准备收掉自己的布置时，橱窗玻璃上传来了轻轻的叩击声。

循声望去，落汤鸡般的周达雨，站在橱窗外，给了他一个灿烂的笑容。她伸出自己的大拇指，口型是：我很喜欢。

是在刚才那一刻，周达雨决定放弃否决林雀多的"表达"的，也在这一刻，她发现自己原来的否决是多么可笑：一方面，愤世嫉俗地讨厌着门当户对；一方面，又用闪闪发亮、门当户对的逻辑来矫正自己。

她决定自己也表达下，一个类似于深夜他帮她争取买到包子那样的表达，一个在她发高烧时帮她提着输液瓶辅助她上厕所那样的表达，甚至，这表达来得太迟了，她恨自己为什么不早一点告诉雀多，他真的非常棒。

于是，她张开自己的双臂。

雀多从橱窗里跑出来，将湿湿的她揽在怀中。

她突然发现，这个闪闪发光的男孩，是那么需要她，也第一次觉得，这样的拥抱，如此意义重大。

这个拥抱持续的时间很长，他们就那样站在那行文字的下边，既不左，也不右。雨彻底停了，楼上的水滴被风吹下来，打在他们额头上。

两个人都被吓了一跳，然后笑作一团。

周达雨说："我全身都湿透了。"她的脸微微泛红，甚至有点不敢直视雀多，这和她的来意完全相悖，和她最初的表达毫无关系！

雀多拉她回到橱窗，放下帘子，扯掉里边的婚纱跟她说，换上这个。

"神经病。"周达雨推他一把,大笑。

"总……比湿漉漉的……好吧。"

背对着换衣服的周达雨,林雀多磕磕巴巴地说:"其实,我不知道怎么对你好。小的时候,都是,我喜欢什么,爸妈就买给我,这让我觉得,买东西就是对一个人好的方式。"

之后,他似乎得出结论:"所以我觉得,对你好的方式,就是买东西给你。"

周达雨换上那件短的婚纱,觉得自己像是男扮女装,她说:"太可怕了。这样子怎么当新娘啊未来?"

雀多回过身看她:一个干干净净面带红晕的周达雨,眼睛亮亮的,头发还有微微的湿。

"很好看啊。"他认真地说。

"那这个橱窗呢?"

"管他呢,我坚决不换。"

拽着周达雨的手走出橱窗,林雀多跨上自行车说:"对了,你……还没说,你找……我来干吗呢?"

周达雨坐上车,头靠在林雀多的后背,感受着他的脊椎和身体的温度。周达雨说:"嗯,我先回答你刚才那段,谢谢你买东西给我,但,很多好的东西,是花钱买不到的。"

雀多说:"什么啊?"

她敲他的背,说:"你看。"

横跨北京的彩虹，正好出现了。

那时，在天台抽烟的仲要和白树槿，也同样看到了彩虹。仲要慌忙跑下楼，一会儿又跑上来，手里多了一根魔杖。

他把魔杖交给白树槿说："快许愿，快许愿。"

白树槿笑了，说："幼稚。愿望是把你变丑，把你变丑。"

"为什么？"

"这样你就不会被人抢走了。"

晚上，周达雨回到家里，白树槿问她："退婚成功了吗？"

周达雨叹了口气，一字一顿，愁眉苦脸地说："事与愿违。"

"哟，这怎么了？"

周达雨看着白树槿的眼睛，逐渐靠近，继续一字一顿地说："小白姐，我，恋，爱，啦。"

小白尖叫一声，两人拥抱在了一起。窗外，月亮非常大，温和又明亮，秋天似乎马上就要来了。

晚上，两人喝酒，都有点儿醉。昏睡前，白树槿说："我有时候，觉得自己可能没法拥有特别好的东西。一旦拥有，就觉得很快要失去了。"

周达雨说了自己本年度最有深度的话，她说："嗯，没有例外。"

她们似乎终于在相反的世界里，找到了需要彼此认真点头的那一点相同。

　　不是城市让你们得到，也不是城市让你们失去。城市从没放大音量，也从没试图低语。

秋

得到失去，都是寻常。

17

　　周达雨妈妈的来访，颇有当初周达雨独闯北京的不速之
客劲儿，来之前发个微信，说，今天下午到。

　　也不告诉具体时间，也不用接，到了楼下，才跟周达雨说，
我到了。

　　达雨下楼接自己的亲妈，见她站在那里，正计算小区的
绿化面积，一看到达雨，就说："楼太高太密了，多憋得慌。"

　　说完还捶捶胸口，像真的憋到她了。

　　"你怎么来了呢？妈。"周达雨接过她的包问。包里沉
甸甸的，不知是什么。

　　"中秋节前有点时间，过来看一眼，也想知道你到底过
的是什么日子。"

　　看了房子，说："得，果然不怎么样。"

妈妈很少跟她通电话，两人通微信，说说话，知道个近况。到家，妈妈放下包洗好手，就开始收拾。床单被罩扔进了洗衣机，客厅用抹布擦了一遍，连花瓶都没放过。周达雨的小房间被她重新归置后，显得格外敞亮。

要不是周达雨拦着，白树槿的房间肯定也得重整旗鼓一番。

终于忙完了，坐在客厅里，妈妈说："太小了，你来北京，就是为了住这个小房子？"

白树槿推门进来时，以为自己走错了家。

被介绍认识了周达雨的妈之后，白树槿强烈表示，周达雨确实在遗传上没获得什么优势，吃了大亏。

这个干练、准确、利落的妇女，迅速让她意识到自己所谓的成熟离真正的成熟，还有较大距离。那处变不惊的练达、视生活遭遇为粪土的淡定，跟她的纸上谈兵，大不相同。

在白树槿表达惊叹之前，周达雨的妈妈消失了十五分钟，之后带着肉蛋禽奶回来，说："借你们的厨房用用啊。"大概四十分钟，魔术般地整了一桌子菜。

叫她俩在餐桌前坐好，妈妈"啪"地开了一罐啤酒，给两人倒上，说："来吧，咱们就算过了中秋节了。"

白树槿喜欢这样的妈。她和自己那个从小就卑微细弱的妈不一样，和那些传统的、眼含热泪爱孩子的妈也不一样，这个妈既贤良淑德，又带着不可违抗的旨意般，令人服气。

喝下第一杯啤酒，三个人都有点儿开心。

达雨妈妈说："你知道我最近都在干吗呢？她离开几个月，我就去打了几个月的卡。你说说，放着家里的二百平不住，非来这里住这个八十的。"

白树槿职业习惯，说："九十呢，阿姨。"

"占地面积吧。"达雨妈飞快接了话，不容置疑。

大家都笑了。

就这样喝着啤酒，说着话，直到月亮升起。

妈妈说了比较多的话，让达雨和白树槿都有些感叹，原来，妈妈们想的和自己想的不一样。

妈妈说："当妈的可不是生来就是妈的，所以我不会说那些'孩子好就是我唯一心愿'的话。"她看着达雨，也看白树槿，"我也不会单为你们活着，你们有自己的人生，妈也有自己的。所以，咱都尽可能为自己活好，再照顾其他人，爱其他人。"

"好了，怎么还有点煽情了呢。"妈妈举起酒杯，说，"还有就是，你们要有什么困难，出了什么你们认为的天大的事儿，一定要告诉我们，我们总有解决的方法。别老觉得我们土、不懂，我们有我们的方法。"

白树槿和周达雨心里都有点悲伤，这悲伤难以名状，没有来由——妈妈就这样举重若轻地，把她们的报喜不报忧给戳穿了。

最后，结案陈词般，妈妈说："你们不愿意长大，我们也不愿意老啊。"

第二天，妈妈弄好早饭就走了，执意说不用送，最烦送站了，跟怎么了似的。

一上车，跟司机聊天，说："你说说这些孩子，非在这北京待着干吗。"

看着计程车扬长而去，送下楼来的周达雨和白树槿互看一眼，都有点莫名的黯然。独自在北京的时候，觉得自己就是自己一个人的，亲情乡情被暂时封存，不被提及，也不用细想。但只要见了父母，就会意识到，自己原来有个老家有个故乡，并不孤立，心里的弦被拨弄，余音绕梁，来回响。

两人默不作声地回到家，都被这根弦压得透不过气。

可洗完脸刷完牙穿好当天行头，两人一起出门的时候，妈妈的来和去，就被强迫淡忘了。不淡忘也没办法，日子它拽着你往前。

这个秋天，发生了很多事，具体到白树槿，就是楼市雄起了。

她和仲要都成了这场疯狂雄起的受益者。新政颁布前，楼市胃口大开，疯狂吞咽着这个阶段可以消化的一切。大盘的图像吃了兴奋剂一般，一天一个样。

白树槿已经好几个周末没有休息，不用再弓成问号，而是必须站立成叹号！手机打到没电，案子堆叠如山。把楼市的狂欢具体到个人，就是非常忙碌，当然，这也意味着更好的收入。

周达雨也跟着祁红，进入了新刊筹备的忙碌当中，但无数次见客户吃闭门羹的经验，让她意识到了这份忙碌下的危险。

北京最美好的季节，她和祁红驶过三里屯被银杏叶铺满的那条路。

祁红停下车，说："可能这个新刊要不行了。"

没人买单，看不出前景。纸媒在没落，不仅被唱衰，还被群嘲、笑话：都什么时代了，你们还在铜版纸上唱老戏？年轻人都边看边买了。微信代购和卖楼的最坚强，只要地球不毁灭、Wi-Fi 不断线，他们都在发图，发链接，发 H5，发一切可能的联络和售卖机会，谁还会端着半米厚五斤重的铜版纸杂志找存在感？

这是跟着祁红见过各种客户后，周达雨的总结。如果她不是祁红助理，恨不得都要点头称是了——说得没错啊。

祁红的脸红一阵白一阵的。尴尬盖不住的时候，她们就聊点别的，缓解下气氛。谈判的最后一公里，就看谁先说"今天就这样吧"。谁先说，谁就争取了主动权。当然，主动结束的叫着买单，但毕竟这是小钱，用来缓解生意没谈成的尴尬，跟喊"送客"一样方便。

祁红很少崩溃，离婚也没有崩溃，但这一天终于崩溃了。她把车停在路边，打着双闪，坐在车里不动也不说话，就看着银杏叶子往下落。

"我是在这条路上骑着车开始第一次客户拜访的，当时连手机也没有。这条路边尽是 IC 卡电话，我最喜欢在这边打电话了，穿着长裙子，头发披肩。那时这里还没现在这么热闹，但一直非常北京，非常秋天。"

周达雨不知怎么回答她，或许也无须有人回答，她早已学会了把酸甜苦辣打包成堆收拾到心灵深处。祁红后来猛按了下喇叭，说："操，就是为了忙这个新刊，忘了买楼了。"

楼价涨了，短短两个月，翻了一倍还多。这两个月，持币的不再观望，有钱的继续花钱，六百万的房子上了千万。楼市已经变样，北京却还是那个北京。

时代是有巨兽之力的，人在其中，有时幸运，有时难以幸免。

仲要和白树槿的第一次上床，发生在仲要家。她本来是要去参观他的搪胶王国的，但仲要还是抱住她。终于可以肆无忌惮时，她才发现他有些羞涩。和陈年不一样，他更年轻有力。

她联想他曾爱过的女人，产生了一种深刻的嫉妒，像恨一般。最后，她的手指深深嵌入了他的后背——她希望能够给彼此留下痕迹和伤痛，以产生约定和领地归属，再不允许其他人侵犯。

她不能探究他的过去，他曾和谁发生过什么，虽然他这样的男人，不会没有过去。

一切结束后，两人在床上抽烟。仲要或许是累了，眼睛微闭，眉骨突出又好看，嘴唇微微翘起，像有话要说。他当然是个好看的男人。

似乎感觉到白树槿在看他，仲要睁开眼睛，轻轻吻她的肩膀。

她环视他的家，像重新认识他。

如果你获准进入一个人的家，大概便可窥见他心中最私密的部分，以及，生活在他眼中是什么样子。四壁被展示架覆盖，连电脑桌上方的空间都不放过——这大概就是她无法理解也不可追问的过去，那密密麻麻、曾经备受喜爱、被他亲手放置在这里的一切。

搪胶的一切。

披着他的衬衫，端一杯咖啡，她在这间房子里踱步。走到她送的魔杖那里，才发现，自己送的那支身后站着一个魔杖军团。

仲要问她："知道魔杖为什么那么坚硬吗？"

"不知道。"白树槿拿起其中一支，细心看它的纹路。

"因为里边是一条钢啊，所以说，魔杖是折不断的。"

　　白树槿默默点头，心中有些怅然。她知道自己对这些东西毫无兴趣，觉得它们放在家里实在是碍事又容易落灰，但出于对仲要的热情，还是饶有乐趣地一一看了过去，只是，内心却升起一股焦虑：这是她全然不懂的世界。

　　转身喝咖啡的时候，她发现里面放了糖。

　　"好甜啊，仲要，我的咖啡都不用放糖。"

　　"热的放糖不是很好吗？"他正在做第二杯。

　　白树槿心里那块石头又压了下来：他们真的了解彼此吗？随后又觉得自己是错的，是令人讨厌的，为什么不能好好享受单纯的快乐呢，像周达雨和林雀多那样。

　　周达雨确实保持着相当单纯的快乐，甚至某个瞬间，她觉得日子也就这样过下去了。

　　雀多终于没能保住那份橱窗设计的工作，西装男也扒掉了他最得意的那行文案。临时抓瞎，打上了另外一排："你到底想要什么样的生活？"于是，左边的那一半，变成了被同情被厌弃的；而右边，则充满着欲望、诱惑，可望亦可得。

　　也许正如他所说，这就是北京的残酷，而时尚，就是要吊着人们"想要"的胃口。

　　人生又何尝不是呢？

　　要么要想要的，要么抓住不想失去的。

周达雨问白树槿："谈恋爱都要做什么呢？"

白树槿说："做各种事情啊。害羞的、不害羞的，都可以。"

"但除了那次，好像雀多没有很主动啊。"周达雨慢吞吞地说，此时，她正坐在客厅的沙发上，试着给脚趾涂指甲油。

"那就是你的问题了。"白树槿坐在沙发上，托住周达雨的脸，仔细看，"这到底是不是一张能激发性欲的脸呢？女人得性感点才行啊。"端详过后，她确定地说："周达雨，你孩子气太重了，必须改造。"

改造后的周达雨，穿了一件超大的黑色 T 恤，同色肩带从左侧肩头露出；头发也被白树槿用直发夹夹过，在快到肩头前炸开。白树槿鼓励她，女人要么做慵懒的狐狸，要么做彪悍的老虎，你是哪一种啊？

周达雨觉得自己像一只泰迪，尤其是坐在林雀多的副驾驶位置被他摸头时。更关键的是，她的改造，没有引起林雀多的注意。

直到她憋不住了，问："你没觉得我今天有点不一样吗？"

雀多看看她，说："嗯。"

"哪儿啊哪儿？"

"眼睛好像肿了，昨天……没有睡好吗？"

周达雨选择石化——恋爱似乎没什么可谈的了，吃吃喝喝，不知道林雀多有什么可开心的，每天乐得像个傻子一样。

"我们去干吗？"他问。

"我带你去个地儿吧。"周达雨恨他，觉得，这个结巴不教训下不行了。

一小时后，林雀多精疲力竭地躺在何老师的拳馆，旁边，坐着无辜的周达雨。

"怎么样，是不是有点爽啊？"周达雨骑在他身上，将他两只手扳过头顶。

林雀多夸张地啊啊大叫。他大叫的时候并不结巴。

"知道你今天哪儿错了吗？知道吗？"周达雨并不罢休。

"不……不知道啊……疼疼疼。"林雀多边叫边回答。

周达雨暗暗加了力道："还说不知道？自己好好反省反省。"

林雀多"啊"的一声，再没有了声音。周达雨在他肚子上坐了两下，说："别装死啊，你。"

林雀多依旧没有动静，周达雨俯下身去："喂，不会真死……"

还没说完，林雀多的嘴巴已经堵上了她，趁她愣神的工夫，将她压在身下。他的吻变得热烈起来。周达雨觉得自己彻底输了，于是投降在他的热烈当中。

他停下来，认真看着她说："你不……化妆的样子，最好看。"他眼里盛着热切，继续吻她。

何师傅来收器材，看见这番情景，干干咳了两声说："练习时间结束，再打可要缴费了。"

连滚带爬站起来，周达雨羞红了脸。等走到拳馆门口时，她看见小飞孤零零地坐在那里。

"小飞？你怎么还在，你妈妈还没来接你啊？"

"小雨姐姐，妈妈说一会儿到，刚打完电话。"小飞冲她龇牙一笑——嘴里少了两颗大门牙，显得格外滑稽。看到林雀多，他继续说："你男朋友？还挺酷的。"

林雀多不好意思地冲他说："小鬼，叫姐夫。"

"别瞎说。小飞，怎么你从不让爸爸来接你啊？"问完这句，周达雨立刻觉得自己说错话了。

小飞倒不介意："哦，我没有爸爸，我是妈妈自己生的。我妈说，如果有人问爸爸的事，可以直接告诉别人。"

周达雨和雀多都呆住了，这孩子，远比他们想象中成熟。

这时，一辆奔驰车停在了路边，有女人探头出来喊小飞的名字。小飞和他俩说过再见，转身跑上了车。女人露出明朗一笑，跟周达雨和雀多点头，算是打了个招呼。

帮何师傅拉下卷闸后，何师傅说："唉，这拳馆，开到国庆到期，我得换地儿了。"

"啊？何师傅，那以后我们到哪儿找你啊？"

"大人们倒还好，聚聚散散的也是常事儿，只是这小飞，不知道以后还能不能找到这么个寄存的地儿。"何师傅点根烟，叹了口气。

和何师傅告别后，雀多和周达雨走在路上，都有些伤感。

雀多说："我突然想起一件事。"

周达雨问："什么啊？"

"刚才没吻够你。"

林雀多一下子吻住了她。大概他也觉得，伤感什么的，需要接吻这样的事，才能另起一行吧。

临近国庆节的时候，这两对新情侣，终于促成了一次当天往返的郊区旅行。

在这个城市待过，就知道临时起意的出行，要比筹备很久的，更容易达成一些。这天是周末，早上，白树槿觉得要去看看红叶，于是非常负责任地一一叫醒了其他三位。

只是除了她精神奕奕外，其余三位都是一副没有睡醒的样子，更何况还要爬山。但最终的景色还是震撼人心的，那些层叠的蔓延的唯有大自然可以操控的红，再好的水彩也无法调出，而且，这里距北京只有一个小时的车程。

这时，三个没睡醒的人，突然开始对着山谷狂吼。

白树槿穿着红色的帽衫，脸孔素净，静静坐在山顶，任由他们三个活蹦乱跳，肆意呼喊。世界这么大，人这么渺小，就让我们珍惜当下的快乐吧。她这样想。

"人是什么样的动物呢？一旦他确定拥有一样东西，就漫不经心了。这便是为什么有人会不远万里来旅行，有人住在这里，却因为随时可去，反而从没去过。"

返途中，三个在山顶耗尽精力的家伙呼呼大睡。白树槿说出这句话的时候，雀多醒了，然后他说："唉，我们……应该定个旅行……的计划了。长假，去日本吧。"

　　当夜，他们回城，吃了一顿热热闹闹的火锅。席间，雀多艰难地讲了他的旅行计划。

　　计划一旦确定，阻挠计划的事情，就要发生了。

　　这是生而为人最无奈的事。

　　事后，这四个人都在想，如果这次旅行计划达成的话，他们的人生是不是会走向不同方向？但事情往往是没有如果的。

　　如果知道有这些如果，他们一定会选择在北京的深秋，这个最美好的季节里，进行更深切长久的拥抱。

18

人对自己了解多少呢?

数据说只需七年,一个人新陈代谢细胞更迭,就算换了另一个人。所以,这七年的你和上个七年的你不同。

白树槿是懂自己的,这七年,她都在变得识趣、得体,懂全身进退,不做为难别人和自己的事。爱情也算看得透,有时绝望地想,不过一场高烧,事后都会冷静。

所以,这次,她想自我把控下,温度别太高,慢点烧。

老房子着火,会救不了的,要把握。

"怎么把握?"周达雨问她。

她说:"hold 住了。能少说一个字,绝不多说。内心有什么可坦白的?太坦白,别人就从严处理了。"

周达雨点头称是。

白树槿接着说："爱情里没了紧张，全是踏实，也就不是爱情了。"

两人坐在客厅里，制定着去日本的行程。时间到了九月，北京的夜里，也有点儿夜凉如水的意思了，打开窗户有风进来。

"北京真是个有魔力的地方啊。"周达雨说。

"怎么了？"白树槿不看她，自顾自地搭配着衣服。

"一旦天不好，就不想上班，可一旦天儿特好，又觉得上什么班啊。"周达雨举着手机，换了个舒服的姿势。

白树槿笑："你说你不想上班不就得了。"

"估计快失业了。新杂志胎死腹中，祁总最近也很消沉，筹备新媒体呢。大势所趋啊！"周达雨叹气，实际情况也确实如此。

白树槿低头搭配着衣服——还有一个月才旅行，准备这些当然是早了些。但白树槿的怪癖只有她自己知道，衣柜里的，凡是自己喜欢的，总穿得最少，也不知道珍藏个什么劲儿。不那么喜欢但还算大方得体的，就穿得最多，大概内心觉得，平淡的日子里，不用穿最喜欢的吧。

就这样省着省着，过到了三十岁。

和仲要的恋爱，让她找到了一些新鲜感——一种并不来自于爱情，而是关乎内心、发自生命动力的，与当初和陈年在一起时，心中空落落的情感不一样的感觉。这种新鲜感，让她觉得，自己没有理由不认真对待每一顿饭、每一个白天和夜晚。

她还有一种欣喜，这种欣喜她没告诉任何人，甚至连自己都耻于承认，那就是：她醒来时，会因为拥有仲要感到开心，"他是我的"，这感觉真好。

更何况，这恋爱还是隐秘的，需要伪装，打掩护，搞地下沟通。他们无法共同进出，却也滋长了两人之间的情趣，那些需要掩人耳目的假疏远，都变成了下班时间的小火焰。

但老房子是不能着火的，白树槿时时提醒自己。在她的想象里，一旦女人过于主动，男人就有压力和叛逃之心。

"你为什么喜欢我？"白树槿没有白痴到会问这种问题，但有一天，仲要认真看着她，问出了这样的话。

她迟疑了一下。为什么呢？他填补了她内心的"被需要"？这对一个人来说有多重要，大概只有到了三十岁的她才知道。

但她故作淫邪地笑了，她说："因为你帅啊。"作势向他伸出魔爪。

仲要护住自己的胸口，假装逃开，最终将她拥入怀中，吻她的头发。

仲要身上的皂香，是再多烟味儿也盖不住的，白树槿很幸福，但一幸福，就有岌岌可危的感觉，像随时可能会失去一样。这种感觉让她困扰，又挥之不去，她真的拥有他吗？

这天，接近下午三点，白树槿接到一个电话，这个电话，成了推翻他们长假计划的第一张多米诺骨牌。

妈妈不见了。

爸爸在电话里，尽可能压制声音中的慌乱，说："应该没事儿的，中午吃过午饭还在，甚至很开心，夸我的手艺不错；下午，我午睡了一会儿，起来上个厕所的工夫，听到门响，人就不见了。唉，都怪我，平时门都会反锁上的，今天拿完牛奶，回来忘了。"

爸爸的懊恼穿过电话传递了过来，白树槿匆匆跟陆总告假，跑出办公室，直接在路上买了回家的高铁票。

上了火车坐下的时候，收到了仲要的微信。

他问："抽烟吗？"

白树槿心里一沉，这才意识到，在一系列慌乱的操作里，这个给她幸福感的男人，竟没有被排在序列里。为什么？她暂时无法回答。她彻底慌乱了，但这慌乱自己解决不了，她想仲要也解决不了。

她说："我不在，回老家一趟，家里有点事。"

"怎么了？"仲要很快回了微信。

"没事儿，我妈妈身体有点不舒服，我回去看看。"回这段话之前，她打了几通电话给在老家公安局工作的老同学泰山。

泰山似乎，只在她最需要的时候出现。

泰山其实叫秦山，初中时就人高马大，到了高中依旧保持着身高和体重的优势，所以外号也没变过。

泰山很冷静，问了情况，要了白树槿爸爸的电话，最后，说了白树槿每次拜托他事情时最常说的那句话："放心吧，交给我。"

有些人就是这样，日常是隐形的，紧急状态下，便进入特殊呼叫的名单。想着泰山，白树槿心里涌起一股羞愧，连同因高中时愤怒拒绝他追求自己的羞愧一并羞愧了。

然后，看着仲要的微信，她想说些什么，最终还是按了熄屏键。

白树槿到家的时候，泰山和父母已经坐在客厅里谈笑风生了。

她终于明白了那句话：人生中最好的事不是"心想事成"，而是"虚惊一场"。

虚惊一场下的所有人，遮蔽了妈妈有点儿自杀倾向的事实。其实，泰山在海边找到她的时候，她的裤腿已经湿了，显然下过水。

此刻，她正给泰山倒茶，脸上带着温柔的笑，像个正常且如常的母亲。一看到白树槿，就嗔怪她："瞎激动什么劲儿，我只是出去遛个弯儿。"

爸爸冲女儿使眼色，白树槿心领神会，和泰山寒暄。

泰山天然带着讨父母欢心的能力，加之常年混在公安系统，更让他的高情商加倍进步。此刻，他正在给妈妈秀自己的腰。

他说："阿姨，您知道现在当公务员多可怕吗？定期称重，还要通过体能测试，超重了就得下岗。您看我现在苗条不？"

母亲点头称是，笑着递给他一只梨，说："有点要求好，瘦点好，胖了不像警察。"

泰山说："阿姨，现在坏人也胖啊。上次我们一个胖警察，追一个胖小偷，两人被录了视频发到网上，被网友笑死了。两人跑得气喘吁吁，都跟慢动作似的。"

大家就笑。

"最后，两人都筋疲力尽了，我那个胖同事还是差小偷十米，您知道那个胖小偷怎么被抓住的吗？"泰山继续。

父母露出疑问的表情，期待着他讲下文。

泰山冲白树槿挤挤眼睛说："我带大家去吃顿火锅，吃饭的时候告诉你们。"

白树槿得承认，泰山让这个家充满了春节般的温馨，那暖意融融的场面已许久未见。这个家确实过于冷清了，带着知识分子家庭的寡淡，不大声说话，彼此有界限，爱羞于说出口，连实际动作也都省略掉，没安放之地。

泰山让这个家落了地，有了几分现实感。火锅店热气腾腾的包间里，他负责点菜，负责用公筷照次序处理海鲜、羊肉和接下来的素菜，手上井井有条，嘴上则填补席间的任何空洞。

他声如洪钟，让话题像涮入锅子的食材，荤素得宜，搭配合理。

"你这孩子，这么优秀，怎么还不成家？"母亲被打开话匣子后，不能免俗地问出了这句话。

泰山也不尴尬，直接说："这不是一直高不成低不就嘛。阿姨，您别操心，我再减减肥。而且我也不优秀，跟白树槿比起来，还是个差生。"说完冲着白树槿做个鬼脸，像高中上课被点名时一样。

"你们这一代，我们是搞不明白了。"父亲附和着说了一句，"我们那会儿，结婚生子都很顺畅，现在你们强调自我，强调个人价值，反倒变得更难了。"

白树槿出来解围，给爸爸夹了一只虾："爸，您不知道不能随意过问别人的感情生活吗？"她嘴角带着一丝尴尬。这个话题，真是避无可避。

但妈妈的思路是无法打断的："我就一个女儿，还不在身边，也不知道她每天过着什么日子。"说得动了情，妈妈眼圈一红，流下泪来。

"唉。"泰山不动声色，递了一张纸巾给妈妈，"对了，阿姨，刚才那个故事，您还不知道大结局呢。"

妈妈用纸擦泪，缓过神来，也觉得自己失态，说："对，那个胖小偷，怎么被抓住的？"

"两人就差十米，但都耗尽了体力，这情况可就尴尬了，而且胖小偷手里有刀，其他人也不敢见义勇为，在这个紧急关头……"

看在座的三位都屏住了呼吸，泰山故意拉慢节奏，说："另外一个胖同事执勤正好路过，直接就把那胖小偷给压住了。胖小偷喊，救命啊，快压死我了。"

大家哄堂大笑。

晚上，送完父母上楼，白树槿送泰山下来。

泰山点了一根烟，刚想抽，见白树槿向自己伸出手，就赶紧把烟盒递给了她，并帮她点着。

"哟，厉害了，还学会抽烟了。"

白树槿闷声不响，抱紧双臂默默往前走。

吐一口烟，她说："泰山，你说，我们这就中年了？"

"是啊，还会有老年呢。"

"可明明，觉得自己内心还没适应呢。"

"所以，就来事儿了啊，事儿让人变成熟。"

白树槿回过头看他，已经九月了，他还穿着短袖 Polo 衫、黑色裤子、黑皮鞋，除了人高马大，人长得又黑又平面，看起来是毫无特色的中年人。

他继续说："自己不会觉得，到了同学聚会，一拍照片，一堆叔叔阿姨。"

白树槿干笑了下，心中有种伤感。和在北京的伤感不一样，这里的伤感跟孤独、无助、自我都没关系，它有现实依据，无法调节暂缓。

两个人静静地走着，九月的青岛，夜色如墨，海风吹过来，格外清凉。

然后，白树槿听到泰山说了一句话。

而这一天，仲要过得坐立难安。白树槿怎么了？家里出什么事儿了？此刻，微信里没有她任何消息，让他心乱如麻。强烈的直觉告诉他，她一定有什么事瞒着他，还将继续隐瞒下去。

白树槿和他之前爱过的任何一个女人都不一样，她神秘、专注、有主见，但让他看不清楚。即便他们已经如此亲近，这段关系仍让他觉得虚幻，对，深不见底的虚幻。

泰山突然说的是："要不，我们结婚吧。"

白树槿没有惊慌，甚至，连必要的意外反应都没有。

她觉得，如果生活在这里，这是恰当的。泰山可以填补她的空乏，也会看穿她的虚张声势，泰山这样的人，是一个如果生活在此时此刻这个场景里的，恰当选择。

想想当年，爸爸开玩笑说，生的是女儿，怎么办？老了病了，都搬不动我。

自己也还小，就说，那我找个高大的帅男朋友。

她想起这个，竟然笑了下，接着答非所问："明天上午我回北京了。"

泰山并不在意，也不觉得尴尬，笑着说："好，我送你。"然后自己上了车。

关上车门的那个瞬间，他听到白树槿低声说："我会好好想想的。"

她是需要好好想想——人对自己真的了解吗？

到家后，她给仲要回了微信："明天回去，放心。"

此时，距离仲要的上一条微信，已经过了好几个小时。该怎么跟他说得更具体？妈妈丢了？还有个叫泰山的向自己求了婚？

父亲说，你早点休息啊。关上门，发出轻轻的叹息声。

她躺在床上，用被子裹紧自己，像把整个北京和与北京的关系都关在了身体之外。

此时，北京亮马桥白鸟川烧物店，仲要和雀多，已经喝得有三分醉意。周达雨置身事外地吃着烤银杏，电视机里，放着无聊的日本综艺节目。

大笑是稀缺的，夜里似乎能多些，尤其是这种烟熏火燎的日式烤串店，到了深夜，气氛反而会变得更热闹些。躁动的日本音乐混杂着电视机里的笑声、人们的低语声；空气里飘浮着久不见阳光的酒馆的味道、大吟酿的清香、后厨传来的烟火味儿。一切都让人仿佛觉得置身东京某处。

来的大多是熟客，与店主颇有默契，有什么就点些什么，无非是鸡肉串什么的。反正最重要的是喝酒，酒喝多了，最重要的是说话。一个人来的，则闷声不响，垂着头，手指头在桌上空画，像跟自己聊天一般。

有老客人出去一趟回来，手里多了冰激凌，分给在座的所有人，引发一阵惊呼。

吃着冰激凌，周达雨觉得这个城市的晚上分外魔幻。也发现，男人们是需要酒的，酒是他们的水分，他们把酒喝下去，枝叶立刻抖擞起来。

"我到现在也不敢说我完全了解她。"仲要由衷地说。白树槿让他觉得苦恼——你爱一个人，可你发现，你不知道她在想什么。

林雀多表示同意，三分醉意后露出了奇怪的笑，他说："我也……不了解她。女人们，是奇怪的动物。"他指指周达雨。

周达雨噘起嘴巴，作势用冰激凌捅过去，说："我也不了解你啊，怎么就跟你谈起了恋爱？"

仲要把自己没吃的冰激凌递给周达雨："这个城市里，谁了解谁……呢？"

这似乎是一个没有答案的问题，但一句完全不标准的日式普通话闯了进来："人，不是因为了解才在一起，是因为想互相了解才在一起的啊。"

三个人循声望去，正是送他们冰激凌的那位中年人。他穿好了外套，正准备离开，冲他们点头致意后，转身而去。

三个人点头称是，又喝了一些酒。

两个男人去洗手间的时候，雀多的手机亮了，周达雨好奇地看了一眼，心头的石头就压了上来。

是啊，我了解他吗？

那条微信的内容是："加拿大学校的事儿已经打点好了，上次错过了，这次不可以。"

似乎为加强语气，第二条紧跟着来了。

"给你留在北京的时间已经够多了。"

落款都是：老爸。

是哦，你对你自己喜欢的人，到底了解多少呢？

送仲要上车后，被雀多拥在怀中，周达雨欲言又止。最后放弃了似的，她甩甩自己无力思考的脑袋，大声说："走吧。"

林雀多拿出手机叫车，应该是看到了微信，面色大变。这被周达雨都看在了眼里，然后问了想问的话："林雀多，我算了解你吗？"

雀多正在着急地回复着什么，随口回答说："当然了。"

"所以，不管你有什么事，都会第一时间告诉我？"

雀多觉出了异样，抬头认真看她，然后慢吞吞地说："我确实……有事情瞒着你。"

19

　　"什么事情？"周达雨抱着视死如归的心。她觉得确实如白树槿所说，爱情这东西，一旦你觉得已经拥有了它，你就开始慢慢失去它。

　　她站开一些，离林雀多稍远。风立刻吹了过来，把她的头发变得蓬乱。

　　林雀多认真看她，然后笑了，说："生日礼物啊，我……一直在准备，就想……给你租个……新公寓，还想带你自己去看……当惊喜，你是怎么发现的？"

　　周达雨彻底蒙了，原来这就是林雀多的所谓新计划？

　　"我住现在这里挺好的，而且，我也不习惯一个人住。林雀多，你到底什么时候才能不用你的钱来判断我？你真的了解我吗？"周达雨在说话的过程中产生了一种愤怒，一种被人安置被人蒙在鼓里的愤怒。他难道指望自己像他想象中那样，被带到一个陌生的房子里，惊喜着尖叫？

为什么他那么随意地来判断我周达雨需要的东西？

"你怎么……突然生气了？"林雀多不明所以，更不知道为什么周达雨会在这件事情上发火。公寓手册他今天刚拿到，放在背包外层，所以，他理所当然地认为，被周达雨看到了。

"对啊，我们女的，就是你们说的奇怪的动物啊。"周达雨伸手拦车。

摔上车门，她也觉得自己莫名其妙，可那种奇怪的直觉让她警惕了起来，就是，这个看起来阳光般灿烂的林雀多，可能跟她想象的不一样。像默默给她找房子一样，他可能还默默安排着其他的事情吧，包括——离开北京。

想到这里，她觉得自己头疼欲裂。

是哦，要生日了。

回来的这几天，白树槿一直躲着仲要，她不知道自己该用什么样的方式面对他，尤其是他还一脸无辜地看着她。

在红叶小分队的微信群里，她给其他三个人道了歉，说妈妈身体不好，国庆节不能和大家出去玩了。

大家沉默了一下，问她妈妈怎么了。

她说，没什么事儿，就是需要我陪陪。

感觉到她的倦意，大家也只好四散而去。

仲要单独找她，她说："没什么，我们这两天暂时不要见面了，我想静一下。"

白树槿暂时中止和仲要的见面，主要是无法回应他的追问。她不知道该用什么方式来告诉他，那个家，那个脆弱的凉粉一般的母亲，那个老成持重满眼关切的父亲，正压得她无法呼吸，透不过气来。

周五的时候，发现仲要没来上班，工位上没人，白树槿给他发了微信。

"你人呢？"

"在外边。"

"我来找你。"

仲要在动物园。动物园的动物，到了这个季节就会变得慢吞吞的。天气在慢慢变冷，人并不比动物更敏感。

从早上坐到现在，仲要觉得是在跟自己赌气，他和白树槿之间的问题，并不值得这么长时间思考，因为连问题是什么都不知道。

旁边一个女人，化了精致的妆，突然开口问他：

"你干吗不上班？"

仲要懒得说话，但碍于对方的真诚，还是答："懒得上。"

接着他看了她一眼，说："你也喜欢来动物园啊？"

她长长地吐了口气："不是都说吗？跟人待越久，就越喜欢动物。"

仲要点头赞同："我每个月都会找个时间来这里，觉得特别安静。"

"安静都是暂时的，闹腾才是主要节奏。"她说完起身走了，没有说再见。

仲要是有点儿沮丧的，觉得人和人的互相了解与吸引都是暂时的，认同也是。有时，就差一个时间点，让人和人成为情人或者陌生人。

来动物园的路上，白树槿收到了达雨的微信："小白姐，我和雀多吵架了，好像我们并不相互了解。"

白树槿回："当你开始想对方为什么这么做为什么那么做的时候，你们的热恋期就已经结束了。"

鹿馆的外面，有一棵红枫树。

仲要坐在鹿馆前的长椅上，眉头紧锁，像个孤独的孩子。远远看过去，白树槿是有点心疼的，旋即又硬下心肠——她需要和仲要谈谈，可怎么讲呢？难道告诉他如何成为恰当的泰山？

刚才，泰山来了电话，他说："阿姨让我跟你通个话。我去看她，正好她准备自己染头发，我说自己弄不好的，现在带她出去，去理发馆做。老太太挺高兴的。"

"谢谢你啊，泰山。"

"说什么呢，举手之劳。"

放下电话，她被泰山的恰当感动了一瞬间。随之而来的，是那个压力，它强烈迫切，悬于头顶上方，随时要将她白树槿砸成肉泥。而这里的一切，交付的时间、留下的爱情，也将随着它化为乌有。

"谢谢你。"她在微信里继续强调了一下。客气是个好东西，至少显得彼此懂分寸。

"你妈妈最近精神不好，我就常去看看她，正好最近不忙，我下班又早。你放心，还有就是……她老问我是不是跟你联系了，要是问起你来，你就说是。我不会打扰你的，别为难。"

这就是泰山无师自通不可婉拒的恰当。

坐在仲要旁边，白树槿点了一根烟递给他。

他接过后，别过头认真看她，她躲开他的目光，给自己点了一根，她说："你一定很奇怪，我为什么突然对你冷淡了吧？"

仲要没有说话，等着她自问自答。

"前两天，我回了趟家，因为我妈差点自杀了。"

"什么？"仲要几乎惊叫出来。

"没什么。"白树槿缓缓吐出一口烟，"她有抑郁症，今年查出来的，每天身边不能没有人，所以我爸一直寸步不离地陪着她。之前有年长的同事，也是来北京好多年了，父母都在外地。她说，自己三十岁后，晚上再也不敢把手机调成静音。我说，为什么啊，她说，怕家里人找。"

白树槿的苦涩在心里荡开着，却逼得她苦笑了下。她继续说："她说，哪天电话没响，就觉得这天是幸福的。我现在终于理解了。我好怕我爸的电话，因为没有重要的事儿，他根本不会给我打电话。"

"那你应该告诉我。"

"告诉你，有什么用呢？除了跟着着急，还能有什么办法？"她沉默了下，很认真地侧过头看着仲要，"仲要，我比你大，面对的问题和时间压力也都比你大，所以，我虽然很爱你，但觉得你没有必要跟我一起承担这些，你也要想清楚。"

"我觉得我……"

"你听我说完。我一直以为，人是可以任性的，不用在意别人怎么看，甚至连父母的看法都不用在意，但现在我必须得长大了。"白树槿尽可能地把语速放缓，以便让自己的表达清晰准确，不带情绪，"之前，我认为我根本没必要证明给任何人看，但现在看起来，我们的整个人生，就是不断证明给人看的过程。上学给人看，毕业给人看，找工作给人看，结婚生孩子也是给人看，死了还得给人知道个死因……"

白树槿鼓起了勇气，她决定说完自己想说的。

"所以，这个十一，我可能要做个决定了。这个决定，未必让我更开心，但可能更恰当：我要回老家了，然后结婚，照顾我妈。"

"所以你自己已经想好了，根本就是在通知我？"仲要明显有些愤怒了，他想了一百个一千个原因，但从来没想过，自己会输给一个人的决定，还是个妥协的决定。

白树槿没有回避他的愤怒，她的心绞疼着，但又必须足够坚定，她说："是。"

"所以你从来都没把我看在眼里，也认为我根本不会和你一起面对问题解决问题？"仲要的声音在发抖。

"是。"

"所以这就是你静静想了的结果？"

"是。"

"所以你认为我也会像你一样计算这些？计算自己爱的人有什么、能负担什么、会做怎样的决定？"仲要愤怒了，他站起身，以便让自己的愤怒能够远离白树槿。这个女人，终于让他找到了一个突破口。

"仲要，你不要以为爱情很伟大，未来都会变成日子，这样的日子你承受不了，也没有必要。"白树槿毫无惧色，心被自己狂挤着。那天晚上她独自躺在床上，突然明白了自己是个什么样的女人。其实，一直追求的所谓安全感，任何人都带不来，她之前交付的"新年好"也好，和陈年默不作声的彼此需要也罢，都是出于自私。

她决定不自私了。

即便这个决定，看起来非常自私。

仲要没听完她说的最后一个字，转身离开了，没有丝毫犹豫。他的皂香，也随即消失了。白树槿脱力一般靠在长椅上，泪水无声落下。

第二天，仲要离职了，离职单上写明的理由是"个人原因"。随后，他退出了红叶小分队的微信群，没留下任何话。

这里是北京，每天，都有无数人来到这里，离开这里，因为相爱在一起，也因为相爱而分开，这绝不罕有。白树槿裹紧大衣，咬着牙关出了门。是啊，她想，是自己根本没给仲要机会啊。

可为什么要让他去承担这些呢？难道就因为他爱她吗？

周达雨生日前的周五，祁红罕见地没有来上班。部门裁撤的消息是从网上传来的，等同事们开始交头接耳的时候，人力专员已经一个个地谈离职了。

"祁总呢？"有人问周达雨。

"我也不知道啊，联系不上。"周达雨回答。

手机里藏着祁红发来的微信："来我家找我吧，有东西送你。"

开门的是素颜的祁红，她的红唇不见了，面色有点惨白，看起来也矮了很多，气势全无。

家里很乱，像是要搬家的样子，有些东西已经装好了箱。

开完门，她转身坐在自己客厅的那些包里。

"祁总……"

祁红明朗地笑了笑，素颜的她，看起来有点儿憔悴，倒是那口烤瓷白牙，丝毫不减风采。叹一口气，她说："最后，怎么就只剩下这些包了呢？是有点儿悲凉。"

她拿起一个包递给周达雨："给，你要生日了，生日快乐啊。"

"祁红姐，这太贵重了。"周达雨想推辞，可她知道祁红的脾气。

祁红笑了两声，说："哪有什么贵重不贵重的，小时候迷恋这些，现在岁数大了，随时可买了，倒不珍惜了。所以，达雨，你得珍惜年轻时的心心念念啊，老了，可就没了。"

晚上，祁红亲自下厨做了牛排。她端起红酒，喝了一口："你都知道了吧，我明天，也就先回上海了，回家好好歇歇。二十年前我来北京的时候是一个人，现在，也还是一个人。人生很难控制呢，那句话说得好，坠落是人唯一的命运，所以也没什么。"

周达雨默不作声地喝了大大的一口酒。

祁红继续说："年轻时瞧不起那些结婚生子的普通人，觉得她们俗气，好像一谈恋爱生孩子就被盖了普通人的戳一样。其实，这样硬挺着，不也是一种任性？那样的女人，也是一种了不起啊。

"所以达雨啊，你还是得有自我，要知道自己是谁，安身立命，因为最后可以依靠的，只有你自己。你是谁，比你遇到谁，重要多了。"

达雨一直默默的，若有所思，也哭不出来。

离开祁红家的时候，祁红给了周达雨一个很长的拥抱，周达雨突然发现，原来祁红比自己还要矮一些。

达雨失业了，可是跟祁红离开这个消息比起来，失业好像也不算什么。她周达雨算什么？祁红才是传奇的坠落，传奇如果都能坠落，她一个小女孩失业又有什么可惜的？

快到家的时候，周达雨提前下了车，准备走走再回去。她似乎又变回了那个什么都没有的女孩子，城铁从她右侧呼啸而过，发出巨大的声响。到底是谁在上边，奔向自己所谓的方向？

抬头，她看见白树槿，和她一样步行，从对面走了过来。

这是北京的九月底。你看这个城市多么冷峻，你失去什么，得到什么，它都有自己的节奏。

20

　　酒一喝多，客厅里就发生了辩论，也不管是不是在帮周达雨庆祝生日。白树槿的理论是，感情是有边界的，你想要什么得说清楚。

　　周达雨说，说出来就不是爱了，如果两个人连这些都要规范，那和签合同有什么区别?

　　她想起林雀多的短信，隐隐觉得自己将失去他。确实，从那日她负气离开，林雀多消失了，没有微信，也没再找她。

　　她想不通。

　　白树槿说："自己想是想不通的，要主动问。"

　　她还是指向了和周达雨相反的方向。

　　周达雨不再说话。

　　这时她的微信亮了一下，是雀多。

他说："在家？"

"怎么回？"周达雨拿着手机给白树槿看，又迟疑地说，"还是不回？"

"你们这些小女孩，总是靠情绪掩埋情绪，直接回。"白树槿抢过手机，快速按了回复。

"在呢。"

"看窗外。"

两人站在落地窗前，向窗外望下去。

一个人，点亮手机的闪光灯，在下边缓缓摇动，是雀多。

然后，楼下便利店的橱窗，突然亮起"生日快乐"四个大字。

白树槿"噗"的一声笑出来，然后说："还不跑下楼去。"继而又笑，"你这男朋友，专业也是没浪费。"

周达雨有些害羞地，大骂林雀多蠢货，喊了一声："我去制止他，关掉，丢人丢到家门口来了。"跑下楼去。

电梯里，她拍着自己的脸，尽可能让自己清醒。她觉得，此刻，自己时间线的位移出了大问题，为什么在大学都没遭遇的事情，要放在这个时间发生？

冲到便利店门口的瞬间，周达雨的心一下就化了，林雀多抱着皮草，两个人，不，是一人一狗，眼神都是一样的。

她冲过去抱住皮草，又瞬间，整个人被雀多揽在怀里。

这一吻意味深长，带着侵略和占有，似乎要将她吞掉。直到她用尽力气推开他。

站定后，周达雨一字一句，竭力让自己说话清楚些："林雀多，现在，第一，赶紧去把那个特别傻的生日快乐灯关掉；第二，我非常想知道你现在的新计划，到底什么时候离开北京？早点告诉我。"

雀多似乎做好了准备："不是我走，是我们一起走。"

第二天，周达雨跟白树槿讲了雀多的计划，就是，他要在国庆节回趟加拿大，料理那边的情况，再安排她过去。她需要做的，是赶紧办个护照。

这当然是个让人不知所措的消息——用周达雨的话说，尤其是对她这样一个没什么梦想，看起来一无是处的人。

白树槿觉得她妄自菲薄了，也觉得，就此改变人生轨迹没什么不好，前提是，你周达雨得确定你爱他，以及，他也爱你。

周达雨在前提这件事儿上，犯了糊涂。

"人类最大的特征就是迁徙，固守会等来陨石和火山爆发。年轻时更容易成行，到了我这个阶段，就不一样了。"白树槿说。她自嘲了下，觉得道理确实只是说起来容易，毕竟自己选择了放弃迁徙。

还有，放弃和她以为是全新开始的仲要在一起。

"但周达雨你不一样啊，你还这么小，你告诉我，你来北京干什么？"

周达雨抱着皮草，窝在沙发里，显然脑子不够用了。

"试试自己能成为谁，能不能活下去。"

"那结果呢？"

"好像，也没有想象中那么差。"

谈话最后不了了之。人生就是这样的，据说扔硬币的时候，心里已经做了决定，而暂时没有结果的事，也需要放一放。

在机场，周达雨送走了林雀多，没给自己加任何戏，甚至，她说："我能不送你吗？"

雀多磕磕巴巴地说"好吧"，反倒让她心疼了。

他留下了狗，还有房子的备用钥匙，说："很快就会回来的，等我。"

然后他吻了下周达雨额头，北京干燥，这个吻，"啪"地电了周达雨一下，让她打了个激灵。

直到他转身消失在安检口，周达雨才意识到，自己的男朋友林雀多，马上和自己远隔重洋了。她定了定神儿，心里变得空荡荡的。

九月底的风吹来，微有凉意。

周达雨和白树槿都回到了单身状态，好像之前未曾拥有过一样。那天周六，阳光正好，照在地板上，晒得人和狗都暖洋洋的，周达雨说，好像这样的日子也不赖。

白树槿在客厅的地板上做瑜伽，拜日式，看起来像只虔诚的小龙虾。

她坐在瑜伽垫上，跟周达雨说："其实，我倒不是怕失恋，只是不知道这次喜欢和下次喜欢，隔着多长时间。现在好了，我不用喜欢了，我选适当的就好。"

　　她头发湿透了，贴在面颊上，看起来很坚韧。

　　马上就是国庆长假了，两人都准备回老家，在把皮草送去寄养回来的路上，两人去吃了一顿火锅。

　　她们，终于还是没有完成旅行计划。

　　店家门口正做着促销活动：拿起喇叭，喊三声"我爱牛蛙"，就可以获赠一斤牛蛙。

　　周达雨在门口被这些举着喇叭尖叫的食客震惊了，对着白树槿笑了笑准备离开。然而白树槿上前说，我要参与，把喇叭抢过去，连喊了三声"我爱牛蛙"。

　　没有半点不好意思。

　　血淋淋被宰好的牛蛙端上来的时候，周达雨说："小白姐，今天你可有点太不你了。"

　　白树槿叫了冰啤酒，此时正在给两人倒上。把牛蛙麻利地下到锅里后，她说："我以后可能要一个个突破，干点正常人会干的事儿。这不是挺好的吗？"

　　周达雨发现，她一口牛蛙也没吃。

　　只有白树槿知道自己在想什么，她觉得，这层文艺青年的壳，披了太久，快跟自己长在一块儿了，必须撕一撕。

　　在北京，像是被真空保护着的，等一拧开盖子，回到家，文艺就显出酸臭之气。不出三个月，人生就会变回另外一种样子，白树槿是，周达雨也是。所以，每年这个时候，最盛行的段子是 Jason 和 Marry 回乡变成了狗剩和春花。

周达雨在家的时候是想尝试着跟妈妈讲讲林雀多的事情的，但事情发生了一个变化，让她觉得，可能要静观其变才行。

十月二号，马思思结婚，周达雨当伴娘，她自拍了照片发给林雀多，就跟着忙去了。等到下午，曲终人散了，马思思躺在床上让她帮着数份子钱时，她才突然想起，林雀多没回她微信。

她也没在意，以为是他睡过头了，或者在忙，没看见。

直到晚上，超过了二十四小时，微信依然没有回复。

凌野的阴影出现了，这个信号让周达雨警觉，并在内心告诉自己说，可能，有问题了。

她才觉得，自己原来，真没那么坚定。这个结结巴巴的富二代，让此刻的她有一种幻觉，像是没有拥有过他一样的幻觉。

马思思抱着她的胳膊说："你变了，周达雨。"

"哪儿变了？"周达雨看看自己的胸，觉得好像也没变大。

"你眼睛里有一股劲儿，狠狠的。"

"那不是挺好的？"周达雨看着镜中的自己，觉得挺满意的。

之后，马思思大哭了一场，说："我他妈的真是不想嫁啊。"

周达雨她妈妈正好过来叫周达雨回家，推门看见了这一幕。

回家路上，妈妈说："我听见思思哭了，挺心疼的，所以，达雨啊，你一定要找个自己真喜欢的人嫁啊。"

周达雨默不作声，跟着妈妈往家走，后来她说："妈，马思思未必真的不喜欢，喜欢分很多种的。"

妈妈第一次觉得周达雨长大了。

周达雨想着林雀多，欲言又止。他一直没有回微信，让她隐隐感到不安，她想等他回信过来了，再跟他商量下，怎么和妈妈说这件事儿。

她想不到的是，这一不回，就一直到了假期结束，林雀多这个人，和当时的凌野一样——

消失了。

多年之后，周达雨应该可以总结出这样的话：一个人如果不回你信息，一定是因为不能回或者不想回，不，就是不想回。

白树槿也是在十月二日，见证了另外一件事，和周达雨殊途同归。

狗血事常常发生，让人产生命运作弄的幻觉，但就是发生了。

这一天本来没有安排，但是，妈妈出奇地精神好，说，我们去逛逛吧。

白树槿说好，叫了车去青岛最大的那个商厦。直梯省力气些，就走直梯吧。人很多，母女俩被挤在了最里边。电梯快关门的时候进来了两个人，男人声如洪钟，几声笑，让母女俩迅速辨认了出来，是泰山啊。

泰山正用心和旁边的女士聊天，没注意到后边可能有熟人。巧的是，当天电梯里有个孩子一直在吵闹，泰山回头制止了他一下，这让白树槿确认了他是泰山无疑。

他说："小家伙，别闹，你知道我是个警察吗？"

小家伙果然闭嘴了，电梯里格外安静。女士笑了一下，声音细弱地说，小时候我妈也老拿警察吓我。

电梯门这时候开了，两人侧身礼让下电梯的人，白树槿终于得见白衣女士的正面，是张人畜无害的脸。有些女人，不管多大，就是妻子样的，带着不争不抢的强烈的女性优秀品质和特征。

更巧的是，泰山这时候接了一句话："没想到长大之后，你找了个警察，这是命。"

"这是命"三个字，不偏不倚被隔在了电梯间里，也被所有人听到了，包括白树槿和她妈。

这一层又凑巧下的人多，电梯间里，就剩下角落里的白树槿和她妈。

秀恩爱瞬间结束，泰山脸上的笑凝固在电梯外，那是一种犯罪分子看见警察般的凝固。城市说大不大说小不小，真应了那句"抬头不见低头见"。

泰山和白衣女士低头回到电梯。

白树槿主动说："泰山，不，秦山，你也来逛街啊。"

泰山用三秒恢复如常，圆脸上的尴尬也被这三秒钟擦了去，他说："小白你回来啦？阿姨你好啊，最近身体好吗？"

妈妈寒暄着，白树槿盯着泰山看了下，觉得自己有点失礼，把目光挪向白衣女士时发现对方也正看着她笑，就点头示意了下。

泰山只好跟白树槿介绍说："这是我女朋友，嘿嘿。"

又跟白衣女士说："这是我老同学，小白。"

这一层的电梯运行真是巨慢无比，夹带着商厦里因过"十一"还未及停下的冷气。白树槿打了个寒战。一直到电梯开门，她都保持着足够礼貌和矜持的笑，牵妈妈的手走出电梯时，她跟泰山说："老同学，再见啊。"

逛完回家，白树槿爸爸做了一桌子菜，小白也开了瓶酒，给爸爸和自己倒上。她决定把家里的气氛弄得其乐融融的，像泰山当时那样。

但显然并不算成功，白树槿像个蹩脚的相声演员，让场子忽冷忽热，就差直接跟观众要掌声了。

夸完父亲的手艺和妈妈最近的状态，白树槿词穷了，显得有些黯然，她说："爸妈，我决定过完节到北京，收拾收拾就回来，陪着你们。"

爸妈停下了手里的筷子，看着她。

"结婚的事儿……"白树槿继续说，"我自己会上心的，你们别着急。"

妈妈是在这个时候红的眼眶，她自己倒了杯酒，拿起来就喝，白树槿的爸爸想拦都没拦住。

一家人没再说话，默默吃完了一顿饭。

妈妈在这杯酒下肚之后，开始积极锻炼，认真吃药。每天早晨起来，就拉着白树槿爸爸，说："咱们出去走走。"

白树槿临行前的晚餐，是妈妈亲自下厨做的，油焖大虾，绝对小时候的味道。白树槿给了她一个大拥抱，说："妈，你的手艺一点都没变啊。"

妈妈给三个人倒了酒，认真看着父女二人，端起酒杯说："拖累你们俩太久了，我一定要好起来。"

然后她冲着白树槿说："小槿啊，我现在觉得你得幸福，幸福比你立刻找个人嫁了重要得多。我和你爸不是老顽固，可以理解，而且，你不用回来，北京适合你。等我好了，我们去你那儿，这地方，我和你爸也待腻了。"

这是白树槿长大之后，第一次在父母面前流泪，她哭得毫无遮掩。

妈妈过来抱了抱她，说："那个泰山，根本就不适合你。"

白树槿破涕为笑，觉得不管走多远，多自以为是，自己在父母那里就是个没锁的抽屉，他们不拉则已，一拉开，一目了然。原来，妈妈一直是懂她的。

一直。

还有什么，比这个"一直"更有价值？

周达雨跟妈妈隐藏了她失业的事实，七号，回了北京。

拉开门，白树槿也刚刚放下行李，两人都有很多事儿要跟对方说。

"我……"

她们同时说出这句话。

真是毫不意外。

林雀多消失得很彻底。

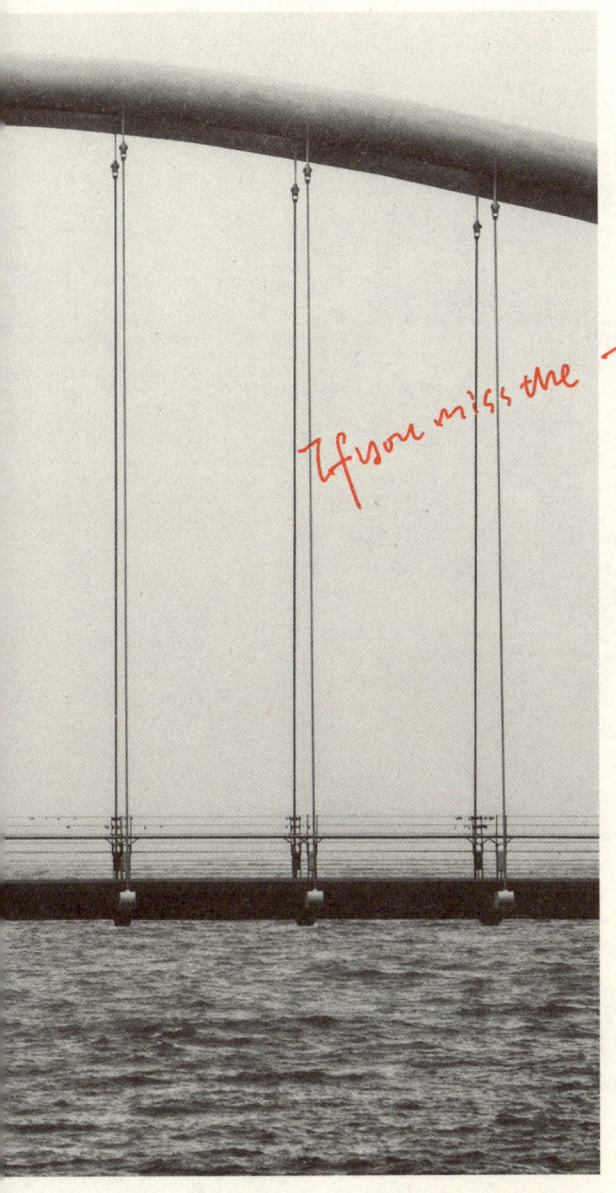

If you miss the train i'm gon

冬

当你远离我时，我爱你更深。

21

　　中年男四十岁，戴着眼镜，看起来温文尔雅。有一种男人，到了一定年龄才有风度。

　　风度会把难看盖过，对面就是这么一位。

　　他的风度还包括说话，字字珠玑，看起来像是可以随时拎着后生讲故事的。他面皮白净，保养得宜，看着白树槿说："谁没年轻过？也都爱过一两个印象深刻的，最后，未必能跟她们在一起。到了一定时候，人就懒得折腾了，爱来爱去的，无非是证明自己还年轻，还有劲儿折腾。"

　　白树槿喝咖啡，眼皮都没抬一下，心里倒觉得，和那些拼命用谈恋爱证明自己的中年男人相比，这位张先生倒显得井井有条，你看，假发都戴得很认真。

　　张先生见她不说话，继续道："结婚跟别的事情一样，到了什么年龄，办什么年龄该办的事儿。"

白树槿继续沉默。那男人手指纤细，戴着一个好看的戒指。

"你听着别难受，婚姻到最后就是这样的。你有你的优势，我有我的优势，两人优势一互补，就会很美满。总之呢，婚姻说白了，就是一起获取生产资料的过程。"

小白继续喝咖啡："我好像没什么优势吧？"

张先生顿了一下："我跟你们陆总认识挺久了，让他给我推荐个品学兼优的，他给我推荐了你。"

稍后，又说："反正计划我已经做好了，今年结婚，明年生龙凤胎，技术上能支持。你要不想怀，咱们找人代孕也行，但孩子肯定得是我们俩的亲孩子。"

白树槿终于把头抬了起来，她得仔细看看，这人到底长什么样："要不是您坐在我面前，我真是不能相信，真有人这么想问题。"

张先生的假发纹丝不乱，说："这很正常啊，人跟细胞一样，最大的意义不就是基因存续嘛。"

"那不是找谁都一样？"

"当然不是，基因也有好坏之分。"

"我真佩服您，能面不改色说出这样的话。"

"是啊，我也觉得，人生就是一个越来越无耻的过程。"

白树槿终于放下了咖啡杯，这家的咖啡倒是挺香的。她说："我考虑一下。"

张先生说："好。"

稍后，他说："滴……一下时间到了。瞬间是零点零三秒，这一下，差不多十秒吧？"

小白笑了，拎起包说："谢谢你啊，下次见，我也先回去谢谢陆总。"

到公司，陆总问："怎样啊，小白？"

"陆总，下次这种配种型的人，您再介绍给我，我可翻脸了啊。"

时间进入十一月，白树槿的人生翻出新篇章，终于成长为一个工作狂人。情感嘛，则进入了另一个阶段，用周达雨的话说："姐，你这真是面无表情行尸走肉期。"

仲要从她的生命中消失了。到冬天开始穿大衣的时候，像连疼痛都没留下。

至少，她是这么认为的。

为什么在这个城市里，失去一个人那么简单？

偶尔，到天台抽烟时，她会想起他雕塑般的眉骨、诚恳的眼睛、幼稚的玩笑，还有带薄荷爆珠的万宝路。记忆可以修改，味道不可以，入口之后，烟里的薄荷味像一条冰线，直捅心底。

原来她都还记得，包括仲要用牙齿咬开爆珠时的那声脆响。淡淡吐出一口烟，他轻闭眼睛，认真吻她，唇上是残留的薄荷味……

多想无益，她掐灭烟，转身下楼。天台外的风景已开始掉色，雾霾也渐露狰狞面目，冬天，终于要来了。

像不再追究凌野为什么消失一样，周达雨也不再追究雀多为什么消失。她只是在看到皮草时，心里会掀起一股疼痛，想起那个下大雨的午后，想起阳光下雀多被风吹起的头发。

十月八日，她去参加了一次面试，一家新媒体公司的编辑职位。顺利入职后，每天编辑鸡汤的日子里，正失恋失业失去方向的周达雨，恰好为这城市提供了一个伤心的角度。她，成了编辑部里最新崛起的"十万加"新宠。

业余时间，周达雨重新回到何师傅的拳馆，不过这次，不是以工作的身份。她办了一张拳卡，开始打拳的日子。

她的新护照办好后，被寄了过来。她随手扔在沙发上，反正再也无用，她想。

后来在沙发底下把护照找出来，她还是订了一次去日本的旅行。

她想清楚了，一个人再爱别人，也不能把自己全权托付出去，风险太大——她每天会至少默祷一次。当练完拳，不快随着汗水挥洒出去后，镜中的周达雨，透着一股狠劲儿。何师傅说，这状态，跟当年的祁红似的。

而祁红离开北京后，再无音信。

周达雨偶尔会觉得孤单，大部分时候，她心中是无可无不可的，这样也好。

凌野带她离开了一个节奏，雀多让她知道自己值得被更好地对待。两人合二为一带给她的，是让她相信，任何美好的遇见，最后都有可能消失，一个人，要有承担这些消失的能力。

虽然，他们俩，都欠她一个答案。

答案的求索需要更长时间来完成，暂时，周达雨学会了自洽于己——先搞明白自己真正需要的是什么。

这样也好。

平安夜晚上，白树槿在 NA 餐厅等周达雨的时间里，一个人坐在了面前。

桌子被轻叩几下，一个人坐了下来。脸上的笑温和完整，大概可以当作与人为善的教科书表情，是张先生。

没有得到回应的张先生，发型依旧，笑了，说："我准备换个路子。"

小白说："你换什么路子啊？"

"谈不成条件，那改我追你好不好？"张先生如是说。

白树槿哑然失笑："我特别理解你。"

张先生扶眼镜，认真看她："嗯，这是我觉得和你相处会很舒服的原因。"

白树槿不反驳他，继续说："东西买多了吧，就觉得买东西是最公平的，一手交钱一手交货。贵就多花点，便宜就少花点儿。"

张先生点头。

"所以，对你来说，最大的困惑是没有定价的东西。心里没底，看着想着，一点把握都没有。"

张先生继续点头。这个上次话很少的女人，这次完全掌握了主动权，让他有点不适应。他准备另起一行，问："你对我的提议怎么看？"

白树槿继续笑："重新追我的提议？"

张先生点头，额头渗出了汗珠。一定是假发太厚，屋内暖风太足。

"想好了呀。那就是——不行。"

张先生调整了一下自己，尽可能心平气和："你觉得哪里有问题？"

白树槿指着自己的脑袋："我有问题。张先生，您挺好的，我之前，差点成为和您一样的人，但后来我发现，我不行。"

张先生在这一刻找到了机会："我约了人，得走，不管怎样，谢谢你的思考。"他看表，用餐布擦了擦额头，穿好大衣，优雅地冲她点了点头，转身离开。

白树槿说给张先生听的时候，想起了面对仲要时的自己。像打了自己一个大耳光，挺过瘾的。

如果有机会，她大概会跟仲要说声对不起："原谅我，是我太自私了，我只爱自己。"

平安夜，街上的人很多。世界是这样的，需要找到一切机会狂欢。

路太堵了，周达雨打来电话说，小白姐，车完全不动啊。

白树槿说，不管了，下车，那里见。

两个相反的女人，此刻向同一个地方奔去。如果时间倒转，她们也许毫无瓜葛，但十个月前，一种不可思议的力量将她们黏合在了一起。周达雨抱着皮草奔跑起来，迎面是北京十二月的冷空气和突然簌簌落下的雪花。白树槿也拿着一瓶香槟，疾步向目的地前行，从没想到，这个平安夜将这样度过。

到了。

两个人互相提醒着，压低声音，轻轻推开了十八号最高层的那扇门。

门锁关闭的瞬间，两人甩掉自己的鞋子，冲到客厅的沙发上，尖叫起来。

香槟"砰"的一声打开。

白树槿举杯："谢谢有你。"

"也谢谢有你。"达雨同样举杯，并把杯子举向皮草，"也谢谢有你！"

窗外，是无声的北京，灯火通明，暗自喧闹。喧闹再大，也被这巨大的夜幕收了去，被漫天的大雪收了去。

周达雨看着窗外："干杯，这一年终于还是要过去了。"

"终于！"白树槿举杯向天空。

"给我们的青春，哎呀，词儿太失败了。"周达雨吐舌说。

"给你的青春吧。我的，早没了。"

这一夜，她们断断续续说着话，喝了很多酒。

最后，睡倒在沙发上。

周达雨做了个奇怪的梦：一个叫凌野的人，在出租车上捡到一本日记，然后去了日记本主人的故乡，看到一个拿着水晶球的女孩。

白树槿在睡梦中跟周达雨说：你可不要长成我这样的人啊。

总有一些时刻，是可以不问来路也不问前路的。两人在影影绰绰的梦里，都细数着这一年发生的事情、遇见的人、不可忽略的情绪、无法收回的话，是这些，构成了现在的自己。

愿新年更好。

22

白树槿被达雨的电话吵醒时，已经是上午十点。

达雨准备继续昏睡，被白树槿摇醒了。

刚才的电话，是白树槿接的，对面是达雨妈妈。小白："哦，是阿姨啊，她还没睡醒呢。"

电话里传来的声音是："让她收拾下，回来吧，姥姥身体出问题了。"

达雨回到故乡，在殡仪馆见了姥姥最后一面。爸爸说，你姥姥一辈子不求人，去世也是，早上还吃了粥，说回房间躺着，再进去看的时候，就在床上走了。

殡仪馆里很多人，妈妈迎来送往，化了淡淡的妆，看起来并不悲痛。

达雨忍不住，跑进洗手间的隔间，坐在马桶上，泪水簌簌而下。

听见有人走进来接电话，是妈妈的声音。大概是她同学打来的，许是在宽慰她，她一直沉声应着，说放心吧，挂电话前又说："我现在，是没妈的孩子啦。"

终于哭了出来。

周达雨在洗手间的隔间里，捂住了自己的嘴巴。

回家的时候，妈妈坐在后排，应该是很累了，把头靠在周达雨爸爸的肩膀上。周达雨坐在前排，一直默不作声。

妈妈说："为她担心的日子，总算是到头了。"

达雨不敢回头看他们俩。

这个地方，没有变化，一到冬天，像是被浸透了水，冷风一刮，就冻住了。

离开家的时候，周达雨没有让父母送自己。

回来的火车上，她看到一个女孩子。

此时的达雨，紧裹围巾，素净着一张脸，面无表情地看窗外。

下车的时候，她叫住那姑娘：你的包拉链开了。

姑娘说，谢谢。

她说，你要去哪里啊？

姑娘说，东四环，你呢？也是初来北京吗？

周达雨说，回北京。又说，去那边打个车吧，别坐公车了，太折腾。

坐着计程车回家，唉，这是我的家吗？周达雨想。

北京安之若素，你来你走，都未曾改变。

新年这天，白树槿买了辆新车，她跟周达雨说，出去转转吧。转身看到皮草："抱上它。"又补充，"只能放在你身上。"

新年的北京，车并没有变得更少，等红绿灯的时候，达雨放下车窗，让皮草把头露出去。

隔壁的车，车窗缓缓摇下。一只手冲着皮草打招呼。

周达雨看过去，简直要尖叫出声，对方做了个制止的手势。周达雨心领神会，点头称是。

绿灯了，车向前开，周达雨兴奋地跟白树槿说："刚才是王菲耶。"

白树槿全不在意："对啊，这里是北京嘛。"

对哦，这里是北京啊。

欢迎你来这里，寻找和失去。

车座上，周达雨的微信振动了一下，一个人说：我好想你。

【全文完】

写在后边

　　想过无数次写完后的场景，但真正写完时，并不如释重负。很多作品最后要给读者希望的，这一次，我又没做到。

　　最近开始录电台了。

　　整理录音的时候，发现我是一个对待情感很负面的人：口口声声说相信爱情，言谈间却露了馅儿。这是我的两个搭档总结的，我震惊之余，再回头看一遍这本书的内容，确实。

　　原来我并不坚定，当时也说过：也会得到，终会失去。

　　拥抱都是暂时的。

　　这本书里，讲了很多的失去：失去爱人，失去童真，失去选择生活的力量。但好在她们一直没有失去自我，只管勇敢地活下去。这么看来，她们也都算是勇敢的人。

　　我挺残酷的，常常，让她们未有更多的欢愉，爱情就不见了。

　　或许这是我悲观的缘故：爱情是暂时的；稍后，就开始折磨、辗转、恢复寻常；最后，消失不见。

当然，我相信不是爱情不见了，幸运的人，得到的结果是：最初的爱情不见了，变为了其他部分，责任、牵绊、因了解而生的厌倦，或因不能厌倦而必须时刻提醒的珍惜。

爱不能一直是爱的，否则烈火焚身，没人能挺住太久。

所以，这本书里的爱情，都有点怪怪的，有的虎头蛇尾，有的稍纵即逝。不管女主以何种方式对待，爱情，总是在最后走远，留下她们，继续寻找或者再度得到与失去。

这一年，和这个故事相伴相生，没有片刻停歇。那天真的很累了，在微信里疾呼，好羡慕那些工作结束就没有事情的人。而我，总在完成一天工作之后，想起，家里还有她们，等着我去往更需探索的地方。

她们后来有了自己的主张。失控之前，我选择结束了这个故事，继续留她们在北京生活。消失的人们，我留了更开放的结局给他们，希望他们有幡然悔悟的机会；如果有不解之谜，也让谜团继续，不必刻意解开。

男人软弱、诡辩、易于放下，我更了解他们，也就更容易送他们脱身之法，但也不全是坏的看待，他们也热烈、坚守，或者有更多别的美好品质；女人执着、坚韧，乐于付出真心，也妒忌、凶狠，充满占有欲。两性之中，过分放大哪一方都不公平——只是相遇如此，因为你的爱更多些，就成了痛苦加身的那一个。

文中的浪漫，我一个都没经历过，但文中的失去，我都曾默默接受：有的因为所遇非人，有的因为我偏执年轻、过于认真。但感谢这些，让我回头看时，明白时间教会我的——不是如何获得更多的爱，而是如何爱别人，以及怎样更了解自己。

　　这份好奇，是我继续生活下去的原因，也是我继续写作的原始动力。

　　去年我比较喜欢"设定"，今年则写了一个现实的题材，明年，或许有个新的想法也说不定。直到此刻，书依旧没定好名字，它因一个剧本而起，又因要变成小说，被修改成此刻的样子。我常常思考，是不是在书写的过程中，忘记了初衷？之前想叫它"美好且正确的地方"，后来我有点儿犹豫了，又想着，这本书到底在探讨什么？

　　成长、爱情，还是人和城市的关系？我突然有点无法总结它。

　　此刻，我想暂时搁笔，好好歇歇。

　　和小白、达雨说再见，谢谢你们一年的陪伴。

　　最后，给读者们，希望你们保持阅读、保持思考、保持好奇，并最终找到自我，哪怕是暂时的。

　　最后，定名为《只在此刻的拥抱》。

丁丁张

十月，于北京

丁丁张

媒体人，畅销书作家
对人类和世界充满好奇，保持幻想
金牛座，单身，购物狂，家有一狗
情感思考达人，人生真相爱好者

著有《人生需要揭穿》《世界与你无关》《永无止尽的约会》

只在此刻的拥抱

产品经理｜曹俊然　　版式设计｜王　易

技术编辑｜陈　杰　　策划人｜于　桐

图书在版编目（CIP）数据

只在此刻的拥抱 / 丁丁张著. -- 杭州：浙江文艺
出版社，2018.2
ISBN 978-7-5339-5206-8

Ⅰ. ①只… Ⅱ. ①丁… Ⅲ. ①长篇小说—中国—当代
Ⅳ. ①I247.5

中国版本图书馆CIP数据核字(2018)第029176号

北京水木双清文化传播有限责任公司
经本书著作权人丁丁张先生独家授权，全权处理与本书版权相关的所有事宜
联系方式：qiu@gwrep.com

责任编辑：金荣良
特约编辑：曹俊然
装帧设计：曹宇哲 冷国鸣

只在此刻的拥抱
丁丁张 著

出版　浙江出版联合集团
　　　浙江文艺出版社

地址　杭州市体育场路 347 号　邮编　310006
网址　www.zjwycbs.cn
经销　浙江省新华书店集团有限公司
　　　果麦文化传媒股份有限公司
印刷　北京旭丰源印刷技术有限公司
开本　880 毫米 × 1230 毫米　1/32
字数　183 千字
印张　9.25
印数　1–100,000
版次　2018 年 2 月第 1 版　2018 年 2 月第 1 次印刷
书号　ISBN 978-7-5339-5206-8
定价　45.00 元